搜 神 记

SOUSHEN JI

〔晋〕干　宝◎著

光明日报出版社

图书在版编目（CIP）数据

搜神记 /（晋）干宝著 . -- 北京：光明日报出版社，2014.7（2024.3 重印）
（光明岛）
ISBN 978-7-5112-6313-1

Ⅰ.①搜… Ⅱ.①干… Ⅲ.①笔记小说—小说集—中国—东晋时代 Ⅳ.① I242.1

中国版本图书馆 CIP 数据核字（2014）第 069550 号

搜神记
SOUSHEN JI

著　　者：〔晋〕干　宝	
责任编辑：李　倩	责任校对：王腾达
封面设计：博文斯创	责任印制：曹　净

出版发行：光明日报出版社
地　　址：北京市西城区永安路 106 号，100050
电　　话：010-67022197（咨询），67078870（发行），67019571（邮购）
传　　真：010-67078227，67078255
网　　址：http://book.gmw.cn
E - mail：lijuan@gmw.cn
法律顾问：北京德恒律师事务所龚柳方律师

印　　刷：北京一鑫印务有限责任公司
装　　订：北京一鑫印务有限责任公司
本书如有破损、缺页、装订错误，请与本社联系调换，电话：010-67019571

开　　本：150mm×220mm　　　印　张：12
字　　数：150 千字
版　　次：2014 年 7 月第 1 版
印　　次：2024 年 3 月第 4 次印刷
书　　号：ISBN 978-7-5112-6313-1
定　　价：29.80 元

版权所有　翻印必究

目　录

卷一	1
卷二	15
卷三	24
卷四	36
卷五	44
卷六	52
卷七	68
卷八	79
卷九	83
卷十	89
卷十一	94
卷十二	104
卷十三	113
卷十四	120
卷十五	128
卷十六	139
卷十七	150
卷十八	159
卷十九	172
卷二十	180

卷一

神农①以赭鞭②鞭百草,尽知其平毒寒温之性③,臭味④所主,以播百谷,故天下号神农也。

赤松子⑤者,神农时雨师也。服冰玉散⑥,以教神农。能入火不烧。至昆仑山,常入西王母⑦石室中。随风雨上下。炎帝少女追之,亦得仙,俱去。至高辛⑧时,复为雨师,游人间。今之雨师本是焉。

【注释】

①神农:即炎帝神农氏,传说为南方的天帝,农业和医药的发明者,又称炎帝、赤帝、烈(厉)山氏,曾与黄帝争夺天下。

②赭(zhě)鞭:赤色的鞭,因神农氏乃火德之帝,故用赤鞭。传说神农氏用赤色鞭来检验百草的性味,才开始有医药。

③平毒寒温之性:指草木药性为无毒、有毒,以及有酸、咸、苦、甘、辛五味,又有寒、热、温、凉四气。

④臭(xiù)味:即草药的气味。

⑤赤松子:又作赤诵子,相传为神农时代的雨师,主行霜雨。

⑥冰玉散:即水玉散,传说中可长生不老的药。

⑦西王母:即西华金母,相传为先天仙圣。

⑧高辛:即帝喾,相传为黄帝的曾孙。

【译文】

神农用赤色鞭子鞭笞各类草木,完全掌握它们无毒、有毒、寒热和温凉的药性,以及药的五味所主治的疾病。由于他播种各种作物,所以天下称他为"神农"。

赤松子,是神农时司雨的神。他服用神药冰玉散,并教神农服用。他能够走入火中而不怕灼烧。他来到昆仑山,经常进入西王母的石室中,并随着风风雨雨而上天下地。炎帝的小女儿跟随他,也得道成仙。到高辛帝时,赤松子又做了雨师,赏游人间。现在的雨师都尊奉他为始祖。

赤将子轝①者,黄帝②时人也。不食五谷,而啖百草华③。至尧时,为木工。能随风雨上下。时于市门中卖缴④,故亦谓之缴父⑤。

宁封子⑥,黄帝时人也。世传为黄帝陶正⑦。有异人过之⑧,为其掌火。能出五色烟⑨。久则以教封子。封子积火自烧,而随烟气上下。视其灰烬,犹有其骨。时人共葬之宁北⑩山中。故谓之宁封子。

【注释】

①赤将子轝(yú):相传为能日行五百里的神仙。轝,通"舆"。
②黄帝:中华民族始祖,以土德王天下,而土色黄,故称黄帝。
③啖:吃。华:同"花"。
④缴(zhuó):一种生丝绳,系在箭上用以射鸟用。
⑤缴父(fǔ):卖缴绳的人。
⑥宁封子:即龙跷真人,相传为黄帝时陶正。
⑦陶正:古代掌管陶器的官。
⑧异人:神仙。过:探望。
⑨五色烟:烧陶器的五彩火焰。
⑩宁北:即宁邑之北。

【译文】

赤将子轝,是黄帝时代的人。他不吃五谷杂粮,而吃各类草木的花。到唐尧时,他当了木工,能随着风风雨雨而上天下地。他常常在集市卖箭上生丝绳,因而人们也称他为"缴父"。

宁封子,是黄帝时代的人。相传他是黄帝时主管陶器的官。有一位神仙来探望他,为他调控烧制陶器的火候,能够在五彩火焰中出入。一段时间过后,这位神仙就将此法术传授给封子。封子积起柴火自焚,随着烟火上下天下地。人们察看封子燃烧后的灰烬,里面还有他的骸骨呢。人们一起将封子葬在宁邑北山中,因而人们称他为宁封子。

偓佺①者,槐山采药父也。好食松实②。形体生毛,长七寸。两目更方。能飞行,逐走马。以松子遗尧,尧不暇服。松者,简松也。时受服者,皆三百岁。

彭祖③者,殷时大夫也。姓钱,名铿。帝颛顼④之孙,陆终氏之中子。历夏而至商末,号七百岁。常食桂芝。历阳有彭祖仙室。前世云:祷请风雨,莫不辄应。常有两虎在祠左右。今日祠之讫,地则有两虎迹。

【注释】

①偓佺(wò quán):传说中的仙人名。
②松实:松树的果实。
③彭祖:也作彭铿,传说中的仙人,以长寿著称于世。
④颛顼:上古时帝王。

【译文】

偓佺,是槐山中的采药老人。他爱吃松子,身体上的毛有七寸长;双眼能轮流观看;能够飞翔,赶得上奔驰的马儿。他把松子送给尧,尧没有时间吃。这种松子,是简松子,人们服用它,都可以活到三百岁。

彭祖,是商朝时的大夫,姓钱,名铿。他是颛顼帝的子孙,陆终氏的儿子。他从夏朝一直活到商代末年,号称有七百岁。他经常服用灵芝仙草。历阳山有彭祖的仙室。前代人说:在那里祈求风雨,没有不立即应验的。祠堂的附近还常常有两头老虎出没。现在祠堂已经消失了,但地上还留有两只老虎的足迹。

琴高①,赵人也。能鼓琴。为宋康王舍人②。行涓、彭之术③,浮游冀州、涿郡间④二百余年。后辞入涿水中,取龙子,与诸弟子期之,曰:"明日皆洁斋,候于水旁,设祠屋。"果乘赤鲤鱼出,来坐祠中。且有万人观之。留一月,乃复入水去。

【注释】

①琴高:传说中的仙人名。

②宋康王：战国时宋国君王。舍人：官名，内侍属官。
③涓、彭之术：神仙的道术。涓，涓子，齐国人，服食苍术而成仙，有三百岁。
④冀州：九州之一。涿郡：郡名。

【译文】
琴高，是赵国人。他擅长抚琴，为宋康王的内侍属官。他尊奉涓子和彭祖的道术，在冀州、涿郡游历了二百多年。后来他辞世而入涿水捕捉小龙，与他的弟子约定："明天你们都沐浴斋戒，在涿水岸边等候，并设立一所祠堂。"第二天，他果然骑着红鲤鱼从水中出来，到祠堂里坐下。那时，有上万人来看他。他停留了一个月，才又潜到水里。

陶安公①者，六安②铸冶师也。数行火③。火一朝散上，紫色冲天。公伏冶下求哀。须臾，朱雀④止冶上，曰："安公！安公！冶与天通。七月七日，迎汝以赤龙。"至时，安公骑之，从东南去。城邑数万人，豫祖安送之，皆辞诀。

有人入焦山⑤七年，老君⑥与之木钻，使穿一盘石，石厚五尺，曰："此石穿，当得道。"积四十年，石穿，遂得神仙丹诀⑦。

鲁少千⑧者，山阳⑨人也。汉文帝⑩尝微服怀金过之，欲问其道。少千拄金杖，执象牙扇，出应门。

【注释】
①陶安公：传说中的仙人名。
②六安：郡国名，位于今安徽六安市北。
③行火：用火冶炼金属。
④朱雀：传说中的神鸟名。
⑤焦山：位于江苏丹徒东。
⑥老君：太上老君。
⑦神仙丹诀：炼丹成仙的秘诀。
⑧鲁少千：传说中的仙人名。
⑨山阳：古地名，位于太行山之南。

⑩汉文帝:西汉皇帝刘恒。

【译文】

陶安公,是六安的冶炼师。他经常用火冶炼金属。一天,火焰突然朝上喷发,紫色火焰笔直冲天,陶安公便跪在炉下向上天求取哀怜。片刻过后,有一只朱雀停在炉上告诉他:"安公!安公!炉子与天相通。七月七日,赤龙迎你大驾。"到了那天,安公乘着赤龙,向东南方飞去。城中数万百姓,事先给安公饯行,安公和他们一一诀别。

有一个人进入焦山已有七年,太上老君送给他一把木钻,让他钻穿一块大石,这石头有五尺厚。太上老君告诉他:"钻穿这块石头,你便会得道成仙。"日积月累,四十年后,石头被钻穿了,于是这人便获得炼丹成仙的秘诀。

鲁少千,是山阳县人。汉文帝曾隐瞒身份携带黄金去探望他,想跟随他学习道术。鲁少千挂着黄金拐杖,手执象牙扇,出门来迎接文帝。

淮南王安①好道术。设厨宰以候宾客。正月上午②,有八老公③诣门求见。门吏白王,王使吏自以意难之,曰:"吾王好长生,先生无驻衰之术,未敢以闻。"公知不见,乃更形为八童子,色如桃花。王便见之,盛礼设乐,以享八公。援琴而弦歌曰:"明明上天,照四海兮。知我好道,公来下兮。公将与余,生羽毛兮。升腾青云,蹈梁甫兮。观见三光④,遇北斗兮。驱乘风云,使玉女兮。"今所谓《淮南操》是也。

【注释】

①淮南王安:即高祖刘邦之孙刘安,好读书,善鼓琴,编著《淮南子》。

②正月上午:当为"正月上辛",即正月的第一个辛日。

③八老公:指左吴、李尚、苏飞、田由、毛披、雷被、晋昌、伍被八位神仙。

④三光:即日、月、星。

【译文】

淮南王刘安爱好道术,安排了厨师来迎接客人。正月第一个辛日,有八位老人登门拜访。看门人报告给淮南王,淮南王让看门人有意为难他们。看门人便对老人说:"我家王爷羡慕长生不老,老先生们没有抗衰老的办法,因此我没敢替你们报信。"老人知道不被待见,于是变为八个小孩,面色像桃花。淮南王于是接待了他们,以隆重的礼乐让这八位老人享用。淮南王抚琴唱道:"光明的上天照耀着四海。知悉我心兮让老人降临。老人将和我一起长出羽毛。腾空上云天将梁甫山踏在脚下。看见日月星辰与北斗相遇。乘风腾云呼唤天上神女。"这首歌就是今天所谓的《淮南操》。

蓟子训①,不知所从来。东汉时,到洛阳,见公卿②数十处,皆持斗酒片脯候之,曰:"远来无所有,示致微意。"坐上数百人,饮啖终日不尽。去后,皆见白云起,从旦至暮。时有百岁公说:"小儿时,见训卖药会稽③市,颜色如此。"训不乐住洛,遂遁去。正始中,有人于长安东霸城,见与一老公共摩挲铜人,相谓曰:"适见铸此,已近五百岁矣。"见者呼之曰:"蓟先生小住。"并行应之。视若迟徐,而走马不及。

【注释】

①蓟子训:东汉时齐国人。
②公卿:本意为三公九卿,后泛指高官。
③会稽:郡名,位于今江苏苏州。

【译文】

蓟子训,不知来自哪里。东汉时,他到洛阳拜谒了几十个高官,每次都拿一杯酒和一片干肉来伺候他们,并说:"我远道而来,没带什么东西,只能略表小小的心意。"宴会上几百人,吃喝了一天也吃不尽、喝不完。蓟子训离去以后,人们都看到白云飘起,从早晨一直持续到傍晚。一位百岁老人说:"我小时候在会稽集市上看到蓟子训卖药,面色也像这样。"蓟子训不喜欢住在洛阳,就悄悄离开了。到了魏明帝正始年间,有人在长安东面的霸城中看到他和一位老人一起抚摸铜像,并告诉老人:"当时看见这座铜像的铸造,到现在已经快五百年了。"见到他的人喊道:"蓟先生稍等。"他边走边回答,看起来就像慢慢地走,但飞奔的马也赶不上。

孙策①欲渡江袭许,与于吉②俱行。时大旱,所在燥厉。策催诸将士,使速引船。或身自早出督切,见将吏多在吉许。策因此激怒,言:"我为不如吉耶?而先趋附之。"便使收吉至,呵问之曰:"天旱不雨,道路艰涩,不时得过,故自早出。而卿不同忧戚,安坐船中,作鬼物态,败吾部伍。今当相除。"令人缚置地上,暴之,使请雨。若能感天,日中雨者,当原赦;不尔,行诛。俄而云气上蒸,肤寸③而合。比至日中,大雨总至,溪涧盈溢。将士喜悦,以为吉必见原,并往庆慰。策遂杀之。将士哀惜,藏其尸。天夜,忽更兴云覆之。明旦往视,不知所在。策既杀吉,每独坐,仿佛见吉在左右。意深恶之,颇有失常。后治疮方差④,而引镜自照,见吉在镜中,顾而弗见。如是再三。扑镜大叫,疮皆崩裂,须臾而死。

【注释】

①孙策:字伯符,孙权之兄。
②于吉:汉琅邪人,道士。
③肤寸:长度单位,此处形容空间极狭小。
④方差(chài):痊愈不久。差,通"瘥",病愈。

【译文】

孙策想渡过长江袭击许昌,和于吉一起行动。当时天气大旱,他们所到之处十分炎热。孙策便催促全体将士快点拉来船。他又亲自一早去监督,却看见将士多聚在于吉那儿。孙策为此发怒说:"我有地方不及于吉吗?你们竟然先去趋附他。"便派人抓于吉。抓来于吉后,孙策便责问:"天气干旱不下雨,水路艰险,不知什么时候才能渡过江,因此我早早就来动员大家。你不和我共患难,却安心坐在船上,装神弄鬼,涣散部队。今天应该宰了你!"便命令部下绑了他扔在地上,让太阳暴晒,并命令他求雨。倘若他能感动天,中午下起雨来,就赦免他;不然就判处死刑。片刻后,云气蒸腾向上,一块块聚集起来。到中午时,倾盆大雨便一股脑儿倾泻下来,河流都填满了。官兵十分高兴,以为于吉必定会被赦免,就一起去庆贺慰劳。孙策却把于吉杀了。官兵们都哀悼惋惜,埋了他的尸体。那天晚上,忽然又有乌云聚集,盖住了他的尸体。人们第二天一早去看,不知道于吉的尸体在哪里了。孙策杀了于吉后,只要一个人坐着,就好像看见于吉在他旁边。他十分讨厌于吉,精神已经失常了。后来他的伤口痊愈不久,便拿起镜子来照,却看到于吉在镜中,转过头又看不见于吉。这样反复好几次后,他突然扔掉镜子大声叫嚷,伤口都溃裂了,立即就死去了。

葛玄①字孝先,从左元放受《九丹液仙经》②。与客对食,言及变化之事。客曰:"事毕,先生作一事特戏者。"玄曰:"君得无即欲有所见乎?"乃噀口中饭,尽变大蜂数百,皆集客身,亦不螫人。久之,玄乃张口,蜂皆飞入,玄嚼食之,是故饭也。又指虾蟆及诸行虫燕雀之属,使舞,应节如人。冬为客设生瓜枣,夏致冰雪。又以数十钱,使人散投井中,玄以一器于井上呼之,钱一一飞从井出。为客设酒,无人传杯,杯自至前;如或不尽,杯不去也。尝与吴主坐楼上,见作请雨土人。帝曰:"百姓思雨,宁可得乎?"玄曰:"雨易得耳!"乃书符着社中,顷刻间,天地晦冥,大雨流淹。帝曰:"水中有鱼乎?"玄复书符掷水中,须臾,有大鱼数百头。使人治之。

【注释】
①葛玄:字孝先,三国时吴国丹阳人,习炼气保形之道,人称葛仙翁。
②左元放:左慈。《九丹液仙经》:道家秘籍。

【译文】
葛玄,字孝先,师从左慈学习《九丹金液仙经》。他曾经和客人对坐吃饭,谈到道术的变化。客人说:"吃完饭后,先生变个法术表演试一试。"葛玄说:"你是想马上看吗?"葛玄于是喷出嘴里的饭,饭粒全变成了大蜂,总共几百只,都停到客人身上,也不蜇人。过了一段时间,葛玄张嘴,大蜂就都飞了进去。葛玄嚼着吃,仍是以前的米饭。他又令蛤蟆和各种爬虫燕雀跳舞,它们跳起舞来就像人一样合节拍。冬天,他给客人置办新鲜瓜果和枣子,夏天为客人献上冰雪。他曾拿出几十个钱币,给别人乱丢在井里,然后他拿来容器在井上召唤钱币,钱币便一个个地飞出井。他替客人置办酒席,无人呈递杯子,杯子便自行来到客人面前;倘若没喝完,杯子便不离开。他曾和孙权坐在楼上,看到人们在制作求雨的土人。孙权说:"百姓期盼下雨,但做泥人难道就有用吗?"葛玄说:"雨水倒容易求到。"便画了一道符放在土地庙,一瞬间,天昏地暗,大雨而至,积水横流。孙权说:"水里有鱼吗?"葛玄又画了一道符扔到水里。水中立即就有几百条大鱼。孙权便派人抓鱼。

汉董永①,千乘②人。少偏孤③,与父居。肆力田亩,鹿车载自随。父亡,无以葬,乃自卖为奴,以供丧事。主人知其贤,与钱一万,遣之。永行三年丧毕,欲还主人,供其奴职。道逢一妇人曰:"愿为子妻。"遂与之俱。主人谓永曰:"以钱与君矣。"永曰:"蒙君之惠,父丧收藏,永虽小人,必欲服勤致力,以报厚德。"主曰:"妇人何能?"永曰:"能织。"主曰:"必尔者,但令君妇为我织缣百匹。"于是永妻为主人家织,十日而毕。女出门,谓永曰:"我,天之织女也。缘君至孝,天帝令我助君偿债耳。"语毕,凌空而去,不知所在。

【注释】

①董永:汉朝人,至孝。
②千乘:古地名,位于今山东高青县。
③偏孤:这里指丧母。

【译文】

汉代的董永,是千乘县人。他小时候母亲就死了,和父亲相依为命。他努力种田,用窄小的车子载着父亲一起走。父亲死后,无钱埋葬,他便将自己卖给别人当仆人,以便拿钱来办理丧事。买主知道他贤达孝顺,给了他一万文钱,叫他去守丧。董永守了三年,想回到买主那里当仆人,半路上遇到了一个女子,对他说:"我愿做你的妻子。"于是便和董永一起去了买主家。主人告诉董永:"我把钱送给你啦。"董永说:"承蒙您的大恩大德,我父亲死后才能安葬。我虽然很卑微,也必定会尽全力报答您。"主人说:"你妻子能做什么呢?"董永说:"能纺织。"主人说:"你若坚持要报答我，只需要让你妻子给我织一百匹双丝细绢。"于是董永的妻子给主人纺织，十天就完成了。妻子出门后告诉董永："我是天上的织女。只因你极为孝顺，天帝才派我来帮你偿还债务的。"说完就腾空飞走，不知到哪里去了。

初，钩弋夫人①有罪，以谴死。既殡，尸不臭，而香闻十余里。因葬云陵②。上哀悼之，又疑其非常人，乃发冢开视。棺空无尸，惟双履存。一云，昭帝③即位，改葬之，棺空无尸，独丝履存焉。

【注释】

①钩弋夫人：汉武帝的妃嫔，汉昭帝之母。

②云陵：指钩弋夫人陵。

③昭帝：汉武帝之子。

【译文】

当初，钩弋夫人犯了法，因而被赐死。她已经被放进棺材了，尸体却不发臭，反而有香气弥漫了十多里，因此她被葬在了云陵。汉武帝哀痛、悼念她，又怀疑她并非普通人，就挖掘坟墓开棺查看。棺材里没有尸体，只剩下两只鞋。还有一种说法：汉昭帝登基后，重新埋葬她，棺材里没有尸体，只遗留着一双丝鞋。

汉时有杜兰香者，自称南康人氏①。以建兴四年春，数诣张传②。传年十七，望见其车在门外，婢通言："阿母所生，遣授配君，可不敬从？"传先名改硕。硕呼女前，视，可十六七，说事邈然久远。有婢子二人：大者萱支，小者松支。钿车青牛，上饮食皆备。作诗曰："阿母处灵岳，时游云霄际。众女侍羽仪，不出墉宫外。飘轮送我来，岂复耻尘秽。从我与福俱，嫌我与祸会。"至其年八月旦，复来，作诗曰："逍遥云汉③间，呼吸发九嶷。流汝不稽路，弱水何不之。"出薯蓣④子三枚，大如鸡子，云："食此，令君不畏风波，辟寒温。"硕食二枚，欲留一，不肯，令硕食尽。言："本为君作妻，情无旷远，以年命未合，其小乖，大岁⑤东方卯；当还求君。"兰香降时，硕问:"祷祀何如?"香曰:"消魔自可愈疾,淫祀无益。"香以药为消魔。

【注释】

①杜兰香:传说中的仙女。南康:郡名,位于今江西于都。

②建兴:晋愍帝的年号。张传:晋人张硕,师从杜兰香,得道升仙。

③云汉:银河。

④薯蓣:即山药。

⑤大岁:即太岁,木星。

【译文】

有个汉朝人叫杜兰香,自称为南康人氏。晋愍帝建兴四年春天,她多次拜访张传。那时候张传十七岁,看到她的车停在门外,她的丫鬟过来传话:"我是娘亲所生,她让我嫁给你,我哪敢不从呢?"张传曾改名为张硕。张硕喊这女子走过来,观察她有十六七岁的样子,而她说的话题却是很早以前的事了。她有两个丫鬟,大的叫作萱支,小的叫作松支。用青牛拉的车装饰着金花,上面饮食都齐备。她作诗:"阿母处灵岳,时游云霄际。众女侍羽仪,不出墉宫外。飘轮送我来,岂复耻尘秽。从我与福俱,嫌我与祸会。"到那年八月的一天早晨,她又来了,并作诗:"逍遥云汉间,呼吸发九嶷。流汝不稽路,弱水何不之。"她拿出了三个山药果,个个都像鸡蛋那样大,并告诉张硕:"吃了它,你便不怕风浪和不畏冷暖。"张硕吃了两个,想留下一个。她不肯,让张硕全吃完。她又告诉张硕:"本来我是要做你妻子的,感情不会太疏远。只因我们年命不吻合,恐不太协调。等到太岁在东方卯的时候,我会来找你的。"杜兰香降临时,张硕问:"祈祷祭祀怎么样了?"杜兰香说:"消魔本身就可以治好疾病,过分的祭祀毫无益处。"兰香把药物叫作"消魔"。

魏济北郡从事掾弦超①,字义起。以嘉平②中夜独宿,梦有神女来从之。自称天上玉女,东郡人,姓成公,字知琼③。早失父母,天帝哀其孤苦,遣令下嫁从夫。超当其梦也,精爽感悟,嘉其美异,非常人之容,觉寤钦想,若存若亡。如此三四夕。一旦,显然来游,驾辎軿车④,从八婢,服绫罗绮绣之衣,姿颜容体,状若飞仙。自言年七十,视之如十五六女。车上有壶、榼、青白琉璃五具⑤。食啖奇异,馔具醴酒,与超共饮食。谓超曰:"我,天上玉女,见遣下嫁,故来从君。不谓君德,宿时感运,宜为夫妇。不能有益,亦不能为损。然往来常可得驾轻车,乘肥马;饮食常可得远味异膳;缯素常可得充用不乏。然我神人,不为君生子,亦无妒忌之性,不害君婚姻之义。"遂为夫妇。赠诗一篇,其文曰:"飘飘浮勃逢,敖曹云石滋⑥。芝英不须润,至德与时期。神仙岂虚感,应运来相之。纳我荣五族,逆我致祸菑。"此其诗之大较,其文二百余言,不能悉录。兼注《易》七卷,有卦有象,以彖为属⑦。故其文言既有义理,又可以占吉凶,犹扬子之《太玄》、薛氏之《中经》也⑧。超皆能通其旨意,用之占候。作夫妇经七八年,父母为超娶妇之后,分日而燕,分夕而寝,夜来晨去,倏忽若飞,唯超见之,他人不见。虽居暗室,辄闻人声,常见踪迹,然不睹其形。后人怪问,漏泄其事。玉女遂求去,云:"我,神人也。虽与君交,不愿人知。而君性疏漏,我今本末已露,不复与君通接。积年交结,恩义不轻,一旦分别,岂不怆恨?势不得不尔,各自努力!"又呼侍御,下酒饮啖。发篋,取织成裙衫两副遗超,又赠诗一首。把臂告辞,涕泣流离,肃然升车,去若飞迅。超忧感积日,殆至委顿。去后五年,超奉郡使至洛,到济北鱼山下陌上,西行遥望,曲道头有一马车,似知琼。驱驰至前,果是也。遂披帷相见,悲喜交切。控左援绥,同乘至洛,遂为室家,克复旧好。至太康⑨中犹在。但不日日往来,每于三月三日、五月五日、七月七日、九月九日、旦、十五日辄下往来,经宿而去。张茂先⑩为之作《神女赋》。

【注释】

①魏济北郡:三国时期曹魏的济北郡。从事掾:官职名,州郡主官幕僚。

②嘉平:三国魏齐王曹芳年号。

③玉女:仙女。东郡:郡名,位于今河南濮阳。成公:姓氏,复姓。

④辎軿(píng)车:一种华丽的车。

⑤榼(kē):古代一种盛水或酒的器皿。琉璃:一种半透明的矿物质材料。

⑥勃逢(péng):通"渤蓬",渤海蓬莱岛。敖曹:即嗷嘈,指喧闹的乐声。云石:即云板、石磬等乐器。

⑦《易》:即《周易》。有卦有象:卦是《周易》里象征自然与人事的符号系统;象是《周易》里解释卦爻的文辞。彖(tuàn):《周易》里总论各卦意义的文辞。

⑧扬子:即扬雄。薛氏之《中经》:不可考。

⑨太康:晋武帝司马炎的年号。

⑩张茂先:张华,晋代文学家,编著《博物志》。

【译文】

三国时魏国济北郡的从事掾名叫弦超,字义起。魏齐王嘉平年间的一个晚上,他独自入睡,梦到一个仙女来和他相伴,那女子自称是天上的仙女,东郡人,姓成公,字知琼,早年丧失了父母,天帝哀怜她孤苦无依,便命她下嫁凡间,跟随丈夫生活。弦超梦到她便神志清晰,认为她出奇美丽,并非凡人的容貌。睡醒以后,弦超认真想了想,像是真的又像不是。如此反复过了三四夜。一天,知琼现身来游,她驾着装饰有帷帐的车,有八个丫鬟相从,穿着绫罗锦绣的衣服,体态神色像仙女一样。她自称有七十岁,但看起来只有十五六岁。车上有壶、榼以及青色、白色的琉璃器皿。食物都十分奇特,她备好了饭菜美酒,和弦超一起享用。她告诉弦超:"我是天上的仙女,被派到人间下嫁于人,因而来跟随你。想不到你有德行,是前世的缘分吧,我俩应结为夫妻。虽然得不到多少好处,但也不会有损失。但是,以后出门可以常驾轻车,让壮硕的马拉车,可吃到远方的山珍海味和特别的膳食,可以用绸缎任意做衣服而不会缺乏。但我是仙女,不能够给你生孩子,也无妒忌心,不会耽误你的正常婚姻。"于是知琼就和弦超结婚了,并赠送了一篇诗歌:"飘飘浮勃逢,敖曹云石滋。芝英不须润,至德与时期。神仙岂虚感,应运来相之。纳我荣五族,逆我致祸蕾。"这只是那首诗的主要几句。全诗共有二百多字,不能全部抄录下来。知琼又注解七卷《易经》,其中既包括了卦、爻,又包括了说明卦、爻含义的象辞,都以象辞为依据。因此,她的解说词既阐明了道理,又可用来预卜吉凶,就和扬雄所写《太玄经》、薛氏所写《中经》一样。弦超能完全理解其中的意思,并用它预测吉凶。两人做夫妻经历了七八年,弦超的父母替他娶了媳妇后,知琼就隔天和弦超一起吃饭,隔一夜和弦超一起睡觉,晚上来早晨就走,来去如飞,只有弦超能看到她,别人都不能。虽然弦超住在紧闭的房间里,但人们总是能听见其中的人声,也常常能看见有别人的痕迹,但就是看不见其身形。后来人们感到奇怪,就问弦超,弦超说出了她的情况。知琼便要求远离弦超,她说:"我是仙女,虽然和你来往,但不愿意让别人知道。而你性情疏忽纰漏,现在你已经说出了我的本来面目,我就不再和你交往了。多年来和你云雨与共,十分恩爱,一旦分开,怎能不悲伤呢?但情势必定会这样,就各自保重吧!"她又让仆人过来侍奉,一起吃喝;打开竹箧,取出两套彩金缕衣服给弦超,又写了一首诗送他。她挽着弦超的胳膊向他告别,泪水涟涟,凄凉地登上车子,飞快地走了。弦超天天担忧,几乎到了颓废的地步。知琼离开五年后,弦超被郡里委派去洛阳出差,到达了济北郡鱼山下小路上,向西走,远远就看见道路拐弯的地方有辆马车,像是知琼。玄超立即骑马去看,果然是知琼。于是,知琼拉开车帐和他见面,真是悲喜交加。勒住左侧的马登车而上,两人就一同乘车去洛阳,又成了夫妻,复原了以前的恩爱生活。到太康年间,他们仍然生活在一起,只是不会天天来往,每逢三月初三、五月初五、七月初七、九月初九以及每月初一、十五,知琼总是会来,住一夜便又离开了。张华给她写了《神女赋》。

卷二

寿光侯①者,汉章帝②时人也。能劾③百鬼众魅,令自缚见形。其乡人有妇为魅所病,侯为劾之,得大蛇数丈,死于门外,妇因以安。又有大树,树有精,人止其下者死,鸟过之亦坠。侯劾之,树盛夏枯落,有大蛇,长七八丈,悬死树间。章帝闻之,征问,对曰:"有之。"帝曰:"殿下有怪:夜半后,常有数人,绛④衣披发,持火相随。岂能劾之?"侯曰:"此小怪,易消耳。"帝伪使三人为之。侯乃设法,三人登时仆地无气。帝惊曰:"非魅也。朕相试耳。"即使解之。或云:汉武帝时,殿下有怪,常见朱衣披发相随,持烛而走。帝谓刘凭⑤曰:"卿可除此否?"凭曰:"可。"乃以青符⑥掷之,见数鬼倾地。帝惊曰:"以相试耳。"解之而苏。

【注释】

①寿光侯:汉章帝时异人。
②汉章帝:东汉明帝第五子,名刘坦。
③劾:用符咒降除鬼怪。
④绛:火红。
⑤刘凭:沛国人,因军功,封寿光金乡侯。
⑥青符:道士驱鬼召神的符箓。

【译文】

寿光侯,是汉章帝时的人,能用符咒降除妖魔鬼怪,使它们束手就擒并露出原形。他同乡有个妇女被鬼怪加害,他为她念贴符咒,得到一条几丈长的大蛇,死于门外,妇女的病于是就好了。又有一棵大树,树上有妖精,人走到这树底下就死了,小鸟从这棵树飞过也会掉下来。他去用符咒降除,树便在盛夏枯竭而死,有一条七八丈长的大蛇,吊死在树上。汉章帝听说后，便召他来咨询，他回答："确有此事。"章帝说："宫中有妖怪：半夜时，常有几个人，穿大红服，披着长发，手拿火烛伴随而行。你能否将他们降服？"寿光侯回答："这些是小妖精，容易消灭。"章帝于是派了三个人冒充妖怪。寿光侯就施法降服，三个人顿时就倒地而断了气。章帝惊恐地说："他们不是妖精啊！我只是试一下你而已。"赶忙就让寿光侯给他们破解了法术。另有人说，汉武帝那时候，宫中有妖精，人们常常看到身穿红衣服、头披长头的人互相伴随着，手持火烛小跑。武帝告诉刘凭："你可以除掉这些妖精吗？"刘凭说："可以。"于是，他用青色的符箓扔过去，就看到几个鬼倒地而亡。武帝惊奇地说："我只是想用它试试你的法术而已。"刘凭解了法术，他们便复活了。

樊英①隐于壶山②，尝有暴风从西南起，英谓学者曰："成都③市火甚盛。"因含水潄④之，乃命记其时日。后有从蜀来者云："是日大火，有云从东起，须臾大雨，火遂灭。"

闽中有徐登⑤者，女子化为丈夫。与东阳赵昞⑥，并善方术。时遭兵乱，相遇于溪，各矜⑦其所能。登先禁溪水为不流，昞次禁杨柳为生稊⑧。二人相视而笑。登年长，昞师事之。后登身故，昞东入长安⑨，百姓未知。昞乃升茅屋，据鼎而爨⑩。主人惊怪，昞笑而不应，屋亦不损。

【注释】

①樊英：字季齐，东汉鲁阳人。
②壶山：位于河南鲁山县南，形状如壶。
③成都：即今成都市。
④潄：从口中喷水。
⑤徐登：东汉人。
⑥赵昞：东汉东阳人，得道成仙。
⑦矜：自我夸耀。
⑧稊(tí)：植物的嫩芽。
⑨长安：即章安，县名，属会稽郡。

⑩爨(cuàn)：生火做饭。

【译文】

樊英在壶山隐居，曾经有大风从西南方刮了过来，樊英告诉学生："成都城中火势很旺盛。"于是含了一口水喷出去，又让学生记录下这个日期。后来有一位从成都来的人说："这天大火四起，东边出现了乌有，立刻便下起了大雨，火于是就被灭了。"

闽中郡有个徐登，是女人变成的男人。他和东阳郡的赵昞，都擅长道术。当时恰逢战乱，他们相遇于一条小溪边，两人便吹嘘各自的才能。徐登先命令溪水停止流动；赵昞接着禁令杨柳生出嫩芽。两人互相对视，笑了。徐登年龄大些，赵昞奉他为老师。徐登死后，赵昞住到东边的章安县里，百姓都不认识他。一次，赵昞竟爬到草屋上，用食鼎煮饭。房东惊讶不已，赵昞笑而不理睬他，草屋也没有被损坏。

鞠道龙善为幻术。尝云："东海人黄公①，善为幻，制蛇，御虎。常佩赤金刀。及衰老，饮酒过度。秦末，有白虎见于东海，诏遣黄公以赤刀往厌之。术既不行，遂为虎所杀。"

谢纠尝食客。以朱书符投井中，有一双鲤鱼跳出。即命作脍，一坐皆得遍。

【注释】

①东海人黄公：详见《文选·西京赋》薛综注。

【译文】

鞠道龙擅长施弄道术。他曾说："东海郡人黄公，擅长施行道术，能降服毒蛇，驾驭老虎，并经常佩带赤金刀。他老后，总是喝过量的酒。秦朝末年，东海郡出现了一只白虎，皇帝下诏命令黄公用赤金刀去降服。但他的法术已经失效了，于是被老虎杀死。"

一次，谢纠请人吃饭，把用丹砂写的符箓丢到了井里，便有一对鲤鱼跳了出来。他就命令厨师做成鱼脍，宾客都吃到了鱼脍。

晋永嘉①中，有天竺②胡人来渡江南。其人有数术：能断舌复续、吐火。所在人士聚观。将断时,先以舌吐示宾客,然后刀截,血流覆地。乃取置器中,传以示人。视之,舌头半舌犹在,既而还,取含续之。坐有顷,坐人见舌则如故,不知其实断否。其续断,取绢布,与人各执一头,对剪,中断之。已而取两断合视,绢布还连续,无异故体。时人多疑以为幻,阴乃试之,真断绢也。其吐火,先有药在器中,取火一片,与黍糖合之,再三吹呼,已而张口,火满口中,因就爇③取以炊,则火也。又取书纸及绳缕之属投火中,众共视之,见其烧爇了尽;乃拨灰中,举而出之,故向物也。

【注释】

①永嘉:晋怀帝司马炽年号。
②天竺:古印度的称谓。
③爇(ruò):烧。

【译文】

晋永嘉年间,有个印度人来到江南。这人会法术,能让舌头断了再连接上,能吐火,当地很多人都去围观他。他准备割断舌头之时,先伸出舌头给观众看,随后用刀割断,鲜血满地。他将断舌头放在器皿中,让大家传递观看。看他的另一半舌头还留在嘴里。一会儿,大家将半截舌头递给他,他就拿来接舌头。坐了一会儿,观众看他的舌头和原来一样,不知道舌头是否真断过。他连接其他断开的东西,拿来一块绢布,和另一个人各拿一头,对半剪开。不久,便拿两个断头合并,看到绢布仍然连接在一起,和原来没有变化。当时很多人都怀疑这只是一种魔术,就私下去试探,真的将绢布剪断了。他吐火之时,先拿出一个装药的器皿,取一片火药和麦芽糖混合后含在口中,反复吹气,然后张开嘴,火便充满了口,接着他又吐火烧饭,那确实是火。接着他又把书本、纸张以及粗绳细线之类的投进火里,大家一起看,都烧成了灰烬。他便拨弄火灰,不久后取出,仍然是原来的东西。

扶南①王范寻养虎于山,有犯罪者,投与虎,不噬,乃宥②之。故山名大虫,亦名大灵。又养鳄鱼十头,若犯罪者,投与鳄鱼,不噬,乃赦之。无罪者皆不噬。故有鳄鱼池。又尝煮水令沸,以金指环投汤中,然后以手探汤。其直者,手不烂;有罪者,入汤即焦。

【注释】
①扶南:古国名,位于今柬埔寨。
②宥(yòu):赦罪。

【译文】
扶南国国王范寻在深山中养老虎,有人犯了罪,就将其扔给老虎,老虎如不吃,就宽恕他。因此,这座山被称为大虫山,也叫大灵山。范寻又养了十头鳄鱼,如果有人犯罪,就将其扔给鳄鱼,鳄鱼如不吃,就宽恕他。无罪之人都不会被吃掉,因此有了鳄鱼池。范寻又曾烧沸水,将金戒指扔进去,然后把手放在沸水中。那正直的人,手不会被煮烂;有罪的人,一伸手便被烫伤。

戚夫人①侍儿贾佩兰,后出为扶风②人段儒妻。说:"在宫内时,尝以弦管歌舞相欢娱,竞为妖服以趋良时。十月十五日③,共入灵女庙,以豚黍乐神,吹笛击筑,歌《上灵之曲》。既而相与连臂,踏地为节,歌《赤凤皇来》,乃巫俗也。至七月七日④,临百子池,作于阗乐⑤。乐毕,以五色缕相羁,谓之相连绶。八月四日,出雕房北户,竹下围棋。胜者,终年有福;负者,终年疾病。取丝缕,就北辰星⑥求长命,乃免。九月,佩茱萸,食蓬饵,饮菊花酒,令人长命。菊花舒时,并采茎叶,杂黍米酿之,至来年九月九日始熟,就饮焉。故谓之'菊花酒'。正月上辰,出池边盥濯,食蓬饵,以祓妖邪。三月上巳,张乐于流水。如此终岁焉。"

【注释】
①戚夫人:汉高祖宠姬,高祖死后,她被吕后弄成"人彘"。
②扶风:郡名,位于今长安。
③十月十五日:即下元节。

④七月七日:即七夕节。
⑤于阗(tián)乐:一种西域音乐。于阗,西域国名。
⑥北辰星:北极星。

【译文】

戚夫人的婢女贾佩兰,后来做了扶风郡段儒的妻子。她说:"在宫中之时,曾用丝竹奏乐唱歌跳舞以取乐,竞相穿各种异服来欢度美好日子。十月十五日,人们一起去灵女庙,用小猪、黍子祭拜神仙,吹笛子击节筑,唱着《上灵之曲》。然后,人们相互挽着手,踏着地打着节拍,歌唱《赤凤皇来》。这是巫祝的习俗。到七月初七,人们到达百子池,在于阗国歌唱。演奏完音乐过后,就用五彩丝线缠绕,大家称之为'相连绶'。八月初四,走出雕有花纹房间的北门,在竹林下围棋。胜出的人就一年都有福,输的人会一年都生病;倘若拿出丝线,对着北极星求取长寿,疾病便可免除。九月,戴茱萸花,吃蓬蒿饼,喝菊花酒,能延年益寿。菊花盛开之时,一起摘下茎和叶子,加黄米拌后酿造,到来年九月初九酒才酿熟,就可以饮用了。因此人们称之为'菊花酒'。正月上旬的辰日,出门去池塘打水洗涤,吃蓬蒿饼,来祛除妖魔邪怪。三月上旬的巳日,在流水边演奏。宫中就像这样度过了一年。"

汉武帝时,幸李夫人①。夫人卒后,帝思念不已。方士齐人李少翁,言能致其神。乃夜施帷帐,明灯烛,而令帝居他帐,遥望之。见美女居帐中,如李夫人之状,还幄坐而步,又不得就视。帝愈益悲感,为作诗曰:"是耶?非耶?立而望之,偏娜娜②,何冉冉其来迟!"令乐府诸音家弦歌之。

【注释】

①李夫人:李延年之妹,擅长舞蹈。
②娜娜:《汉书·外戚传》中无此二字。

【译文】

汉武帝十分宠幸李夫人。李夫人死后,汉武帝非常思念她。齐国的术士李少翁,说他可招李夫人的灵魂。于是,晚上时他设置了帷帐,点亮了烛灯,让汉武帝去其他帷帐中,远远地观望。汉武帝看到帷帐中有个美女,体貌像李夫人,她在帷帐中一会儿坐,一会儿又走来走去,但又不能走近去看她。汉武帝于是更悲伤了,因而写了一首诗:"这是她?还是不是?伫立而望,她的翩翩身姿,为何要徐徐徒步而来得这样晚?"又命令乐府中的音乐家配乐演奏。

吴孙峻①杀朱主,埋于石子冈②。归命即位,将欲改葬之。冢墓相亚,不可识别,而宫人颇识主亡时所着衣服。乃使两巫各住一处,以伺其灵,使察鉴之,不得相近。久时,二人俱白:"见一女人,年可三十余,上着青锦束头,紫白袷裳,丹绨丝履,从石子冈上,半冈而以手抑膝,长太息,小住须臾,更进一冢上便止,徘徊良久,奄然不见。"二人之言,不谋而合。于是开冢,衣服如之。

【注释】

①孙峻:三国吴丞相大将军,为人骄横凶恶。
②石子冈:位于今江苏南京南。

【译文】

孙峻杀死了孙权的女儿朱主,将她埋在石子冈。归命侯孙皓登基后,想改葬她,但坟墓相互排在一起,分辨不出哪个是朱主的坟,但宫女比较了解朱主死之时穿的衣服。于是便请两个巫婆各待在一个地方,等候她的灵魂,并派人监督,不准两人接近。很久以后,两个巫婆都说:"看到一个女人,大约三十岁,用青色丝巾包着头,穿着紫白色相间的夹衣和红色绸缎鞋,走过石子冈。到达半山时,她用手放在膝盖上,久久地叹气。稍稍停留片刻,她又走到一座坟上停了下来,在那里徘徊良久,突然又消失了。"两个巫婆说的不谋而合,于是打开坟墓,棺材内的衣服和巫婆说的一样。

夏侯弘自云见鬼,与其言语。镇西谢尚①所乘马忽死,忧恼甚至。谢曰:"卿若能令此马生者,卿真为见鬼也。"弘去良久还,曰:"庙神乐君马,故取之。今当活。"尚对死马坐。须臾,马忽自门外走还,至马尸间便灭,应时能动,起行。谢曰:"我无嗣,是我一身之罚。"弘经时无所告。曰:"顷所见,小鬼耳,必不能辨此源由。"后忽逢一鬼,乘新车,从十许人,着青丝布袍。弘前提牛鼻。车中人谓弘曰:"何以见阻?"弘曰:"欲有所问。镇西将军谢尚无儿。此君风流令望,不可使之绝祀。"军中人动容曰:"君所道正是仆儿。年少时,与家中婢通,誓约不再婚,而违约。今此婢死,在天诉之。是故无儿。"弘具以告。谢曰:"吾少时诚有此事。"弘于江陵②,见一大鬼,提矛戟,有随从小鬼数人。弘畏惧,下路避之。大鬼过后,捉得一小鬼,问:"此何物?"曰:"杀人以此矛戟。若中心腹者,无不辄死。"弘曰:"治此病有方否?"鬼曰:"以乌鸡薄之,即差。"弘曰:"今欲何行?"鬼曰:"当至荆、扬二州③。"尔时比日行心腹病,无有不死者。弘乃教人杀乌鸡以薄之,十不失八九。今治中恶④,辄用乌鸡薄之者,弘之由也。

【注释】

①谢尚:东晋阳夏人,为尚书仆射。
②江陵:即荆州城。
③荆、扬二州:即荆州和扬州。
④中恶:一种致死之暴病。

【译文】

夏侯弘说自己见到了鬼,又和鬼聊天。镇西将军谢尚的坐骑猝死,他极度忧伤烦恼。谢尚告诉夏侯弘:"倘若你能够使这匹马活过来,那么你真就见过鬼。"夏侯弘离开很久才回来,说:"庙中神仙喜欢上了你的马,因而牵走了它。现在这马可以复活了。"谢尚面朝死马而坐。不久马就突然从门外跑回来,跑到马尸上就不见了,死马随即能动,就站起来走了。谢尚说:"我无子嗣,这是对我一辈子的惩罚。"夏侯弘过了很久也没有什么相告的。他说:"刚刚我所看见的,都是小鬼,必定不知道这事的原因。"后来他突然遇到一个鬼,坐着新车,有十多个人跟随,穿着青色丝绸袍子。夏侯弘走过去提起牛鼻子,牛车就停了下来。车中的人告诉夏侯弘:"为何拦我?"夏侯弘说:"我想打听一下。镇西将军谢尚无子嗣。但他英俊伟岸,声名远播,不能让他断子绝孙啊!"车里的人似为之动容,便说:"你说的就是我儿子,他年轻时,私通家中婢女,发誓不婚娶,但后来却违背了誓言。如今这婢女死了,在天上告状,因此他无子嗣。"夏侯弘将这些话全部告诉谢尚。谢尚说:"年轻时我确实做过这事。"夏侯弘在江陵见到一个大鬼,拿着兵器,有几个小鬼随从。夏侯弘恐惧了,就到路边去躲开。大鬼走过之后,他抓住一个小鬼问:"这是什么?"小鬼回答:"用它杀人。倘若刺中心腹,马上会死去。"夏侯弘说:"有什么方法可以治疗这种病?"小鬼说:"用乌骨鸡盖住心,病便会好。"夏侯弘说:"你们现在要去哪里?"小鬼说:"去荆州和扬州。"那时候连日流行心腹病,得病的都死了。夏侯弘就让人杀乌骨鸡,覆盖在病人的心腹上,十之八九都能医好。现在治疗急病,总是用乌骨鸡覆盖生病的地方,这是夏侯弘开的头啊。

卷三

汉永平①中,会稽钟离意②字子阿,为鲁相。到官,出私钱万三千文,付户曹孔䜣,修夫子车。身入庙,拭几席剑履。男子张伯除堂下草,土中得玉璧七枚。伯怀其一,以六枚白意。意令主簿安置几前。孔子教授堂下床首有悬瓮,意召孔䜣,问:"此何瓮也?"对曰:"夫子瓮也。背有丹书,人莫敢发也。"意曰:"夫子,圣人。所以遗瓮,欲以悬示后贤。"因发之,中得素书,文曰:"后世修吾书,董仲舒③。护吾车,拭吾履,发吾笥,会稽钟离意。璧有七,张伯藏其一。"意即召问:"璧有七,何藏一耶?"伯叩头出之。

【注释】

①永平:汉明帝刘庄的年号。

②钟离意:会稽山阴人,做过郡中督邮,章帝时被征拜为尚书。

③董仲舒:汉代思想家,政治家,曾提出"罢黜百家,独尊儒术"的主张。

【译文】

汉代永平年间,会稽郡人钟离意,字子阿,担任鲁国国相。他上任后将自己的一万三千文钱给户曹孔䜣,让他修葺孔子的车。他还亲自去孔庙,擦桌子、座席、刀剑和鞋子。有个叫张伯的男子在堂下除草时,在土中挖到了七块玉。张伯将其中一块装入怀中,而把另外六块给了钟离意。钟离意令主簿将玉放在桌前。孔子讲堂前的床头悬挂着一个瓮,钟离意召来孔䜣,问他:"这瓮是做什么的?"孔䜣说:"是孔子的瓮,装有丹书,没人敢打开。"钟离意说:"孔子是圣人,留下这瓮,是想悬挂着让后代贤良来看。"接着便打开瓮,拿到一块帛书,上面写着:"后代研修我作品的是董仲舒。保护我车子、擦我鞋子、开我书箱的是会稽人钟离意。有七块玉,张伯藏了一块。"钟离意就叫张伯来,责问他:"有七块玉,为什么要私藏一块呢?"张伯磕头交出了那块玉。

段翳①字元章,广汉新都人也。习《易经》,明风角②。有一生来学积年,自谓略究要术,辞归乡里。翳为合膏药,并以简书封于筒中,告生曰:"有急,发视之。"生到葭萌③,与吏争度。津吏挝破从者头。生开筒得书,言:"到葭萌,与吏斗,头破者,以此膏裹之。"生用其言,创者即愈。

【注释】

①段翳:汉代医家,字元章,广汉新都人。
②《易经》:指《周易》的《经》文。风角:古代以四隅之风占吉凶。
③葭萌:地名,位于今四川昭化县东南。

【译文】

段翳,字元章,是广汉郡新都人。他研习过《易经》,能根据四隅之风占吉凶。一个学生来学习了几年,自以为基本上掌握了关键道术,便辞别段翳回老家。段翳给了他一些配药,并写了封信封在竹筒中,告诉他说:"遇到急事,可以打开竹筒看。"学生到了葭萌县后,和官员争着渡河。渡口官打烂了他跟班的头。他打开了竹筒看信:"到了葭萌县,和官吏争斗,被打破了头的,就敷这膏药。"他这样做了,受伤的跟班立刻就痊愈了。

管辂①字公明,平原②人也。善《易》卜。安平③太守东莱王基,字伯舆,家数有怪,使辂筮之。卦成,辂曰:"君之卦,当有贱妇人,生一男,堕地便走,入灶中死。又床上当有一大蛇衔笔,大小共视,须臾便去。又乌来入室中,与燕共斗,燕死,乌去。有此三卦。"基大惊曰:"精义之致,乃至于此。幸为占其吉凶。"辂曰:"非有他祸。直客舍久远,魑魅罔两,共为怪耳。儿生便走,非能自走,直宋无忌之妖,将其入灶也。大蛇衔笔者,直老书佐耳。乌与燕斗者,直老铃下耳。夫神明之正,非妖能害也。万物之变,非道所止也。久远之浮精,必能之定数也。今卦中见象而不见其凶,故知假托之数,非妖咎之征,自无所忧也。昔高宗④之鼎,非雉所雊;太戊⑤之阶,非桑所生。然而野鸟一雊,武丁为高宗;桑谷暂生,太戊以兴。焉知三事不为吉祥?愿府君安身养德,从容光大,勿以神奸,污累天真。"后卒无他。迁安南督军。后辂乡里乃太原问辂:"君往者为王府君论怪,云'老书佐为蛇,老铃下为乌'。此本皆人,何化之微贱乎?为见于爻象出君意乎?"辂言:"苟非性与天道,何由背爻象而任心胸者乎?夫万物之化,无有常形;人之变异,无有定体。或大为小,或小为大,固无优劣。万物之化,一例之道也。是以夏鲧⑥,天子之父;赵王如意,汉高之子,而鲧为黄能,意为苍狗,斯亦至尊之位,而为黔喙⑦之类也。况蛇者协辰巳之位,乌者栖太阳之精,此乃腾黑之明象,白日之流景。如书佐、铃下,各以微躯,化为蛇乌,不亦过乎?"

【注释】

①管辂(lù):三国时魏国人,精通《周易》,道术神奇,卜筮灵验。

②平原:郡名,位于今山东平原县西南。

③安平:邑名,位于今山东益都西北。

④高宗:指殷商王武丁。

⑤太戊:指殷中宗。

⑥鲧(gǔn):禹的父亲,因治水不力而被杀。

⑦黔喙(huì):指牲畜野兽。

【译文】

管辂,字公明,平原人。他擅长用《周易》卜筮。安平太守是东莱的王基,字伯舆,家中多次发生怪事,就让管辂给他算一卦。卜完卦象后,管辂说:"你的卦象,应当有个卑贱的女人,生一个小男孩,他一落地就跑,掉到灶中就死了。还有一条大蛇衔了毛笔在你床上,大家都去看,一会儿它便离开了。还有乌鸦飞进你屋里,和燕子搏斗,燕子死了,乌鸦离开了。有这样三种卦象。"王基十分惊讶,说:"卦象精细竟达到了这种地步!望你再给我预测一下吉凶。"管辂说:"并没有其他灾祸,只是房子太旧了,魑魅魍魉就一起作祟罢了。那孩子生下来便跑,不是自行能跑,只是被火精宋无忌拉进了灶中。衔笔的大蛇,只不过是老文书罢了。与燕子搏斗的乌鸦,只不过是老侍从罢了。神圣的正道,妖精是不能加害的。万物的变化,道术是不能阻止的。长久邈邈的精怪,必会有一定的气数。现在卦象中只看见了表象而看不见严重的后果,因此知道它们是虚假的花招,而不是妖怪危害的预兆,也就没有什么可担忧的了。以前殷高宗的宝鼎,并不是野鸡立足之地;太戊帝的石阶,也不是桑树所长之地。然而野鸡在宝鼎上啼叫,武丁却做了高宗;桑树、谷树在朝廷上生长,太戊帝因而兴盛了。怎能晓得你这三件怪事就不是吉兆呢?安心修养高尚德行吧,发扬光大,不要因此而玷污了纯真的本性。"后来王基终身都未遇到什么不幸,升为安南督军。后来,管辂的同乡乃太原问他:"过去你和王太守讨论精怪说'旧文书变成了大蛇,老侍从变成了乌鸦'。他们都是人,为什么变成卑贱之物呢?这是你在卦象中见到的呢,还是只是想象?"管辂说:"倘若不是根据本性和自然之道,凭什么枉顾卦象而凭空想象?一切事物的变化,没有恒常的形态,人变为其他物体,没有固定的模式。有的由大变小,有的由小变大,本来就无好坏之分。一切事物的变化,都遵循自然的规律。所以夏鲧是禹的父亲;如意是刘邦的儿子。但结果却是,鲧变成了黄熊,如意变成了青狗,他们也是从尊贵之位变成了平凡的动物。何况蛇与巳相匹配,乌鸦又是太阳之灵!它们实在是腾蛇星宿的形态,是太阳的流光遗影。像文书、侍从这类人,以其卑微的身躯,变成了蛇和乌鸦,不是也超过他们原来的地位了吗?"

管辂至平原,见颜超貌主夭亡。颜父乃求辂延命。辂曰:"子归,觅清酒一榼,鹿脯一斤,卯日,刈麦①地南大桑树下,有二人围棋次,但酌酒置脯,饮尽更斟,以尽为度。若问汝,汝但拜之,勿言。必合有人救汝。"颜依言而往,果见二人围棋。颜置脯斟酒于前。其人贪戏,但饮酒食脯,不顾。数巡,北边坐者忽见颜在,叱曰:"何故在此?"颜惟拜之。南边坐者,语曰:"适来饮他酒脯,宁无情乎?"北坐者曰:"文书已定。"南坐者曰:"借文书看之。"见超寿止可十九岁。乃取笔挑上,语曰:"救汝至九十年活。"颜拜而回。管语颜曰:

"大助子,且喜得增寿。北边坐人是北斗,南边坐人是南斗②。南斗注生,北斗注死。凡人受胎,皆从南斗过北斗。所有祈求,皆向北斗。"

【注释】

①刈(yì)麦:收割麦子。

②北斗、南斗:星座名。

【译文】

　　管辂到达了平原县,看到颜超的脸色像快要死去一样,颜超的父亲便请求管辂增加颜超的寿命。管辂说:"你回家去找一壶好酒,一斤鹿肉干。在卯日,割麦地南边的桑树之下,有两人下围棋。你只需斟酒给他们,并把肉干端过去,他们喝完了,你再斟,直到他们喝完酒吃完肉为止。倘若他们问起你,你只需磕头作揖,不要出声。这样就定会有人解救你。"颜超依照他的话去做,果然见到两个下围棋的人。颜超端着肉干斟满酒摆在他们面前。那两个人一心下棋,只管喝酒吃肉,也不看看。酒斟了多次,坐在北边的人突然看到了颜超,就责问:"你怎么待在这儿?"颜超只是磕头作揖。坐在南边的人说:"刚才还吃他的酒肉,怎么能毫不留情?"坐在北边的人说:"文书上他的寿命已经写定了。"坐在南边的人说:"把文书给我看看。"他看见颜超的寿命只有十九岁,就用笔将"九"勾到"十"前,并告诉颜超:"我救你一命,你可以活到九十岁。"颜超拜谢后便离开了。管辂告诉颜超:"真是极大地帮助了你啊,恭喜你增加寿命。坐在北边的是北斗星,南边的是南斗星。南斗星主管生,北斗星主管死。人成胎的时候,都是南斗星定生日,北斗星定死日。有什么祈求,都要告诉北斗星。"

　　淳于智字叔平,济北卢人也①。性深沉,有思义。少为书生,能《易》筮,善厌胜之术。高平刘柔夜卧,鼠啮其左手中指,意甚恶之。以问智,智为筮之,曰:"鼠本欲杀君而不能,当为使其反死。"乃以朱书手腕横文②后三寸,为田字,可方一寸二分,使夜露手以卧,有大鼠伏死于前。

　　上党③鲍瑗,家多丧病,贫苦。淳于智卜之,曰:"君居宅不利,故令君困尔。君舍东北有大桑树。君径至市,入门数十步,当有一人卖新鞭者,便就买还,以悬此树。三年,当暴得财。"瑗承言诣市,果得马鞭,悬之三年,浚井,得钱数十万,铜铁器复二万余。于是业用既展,病者亦无恙。

【注释】

①淳于智:晋代人,太康末担任司马督。济北:郡名,位于今山东长清。

②横文:也作"横纹",即手腕横纹路。

③上党:郡名,位于今山西长治北。

【译文】

淳于智,字叔平,济北郡卢县人。他性格沉稳,重义气。年轻时,他是个书生,精通《易经》,擅长卜卦,擅长用诅咒来制胜的道术。高平县的刘柔晚上睡觉,有老鼠咬他左手的中指,这令他十分讨厌,就去请教淳于智,淳于智给他算了一卦,说:"老鼠本想咬死你的,但未能得逞,我要想个办法让它死去。"于是淳于智便在刘柔的手腕横纹后三寸之处用丹砂写了田字,约一寸二分见方,让他晚上睡觉把手露在外面,结果有一只大老鼠死了。

上党郡鲍瑗的家人,有的死了,有的病了,非常穷苦。淳于智给他算了一卦,说:"你的屋宅不吉利,因而使你如此贫困。你家的东北有棵大桑树。你径直走到集市去,进去后几十步远,应当有个卖新鞭子的人,你买完鞭子就赶回来,将它挂在桑树上。三年后,你必定会突然大发横财。"鲍瑗到了城里,果然买了马鞭。于是,他便将马鞭悬挂在桑树上。三年后,挖开井,得到了钱币几十万,以及二万多只铜、铁器。于是,他家中的用度不再紧缺了,家中病人也痊愈了。

谯①人夏侯藻,母病困,将诣智卜。忽有一狐,当门向之嗥叫。藻大愕惧,遂驰诣智。智曰:"其祸甚急。君速归,在狐嗥处拊心啼哭,令家人惊怪,大小毕出,一人不出,啼哭勿休。然其祸仅可免也。"藻还,如其言,母亦扶病而出。家人既集,堂屋五间,拉然而崩。

护军张劭②,母病笃。智筮之,使西出市沐猴,系母臂,令傍人捶拍,恒使作声,三日放去。劭从之。其猴出门,即为犬所咋死,母病遂差。

【注释】

①谯:郡名,位于今安徽亳州。

②护军:官名,魏晋之后的一种军事长官。张劭:指中护军杨骏的外甥。

【译文】

谯县的夏侯藻,他母亲病重,他刚要到拜访淳于智并占卜的时候,突然一只狐狸,向着他家大门嗥叫。夏侯藻惊恐万分,于是便疾驰去淳于智那儿。淳于智说:"灾祸迫在眉睫了,你快回去,在狐狸嗥叫之处拍胸口大声啼哭,让家人都惊奇,都出来,如果有一个不出来,你就一直哭。这样,灾祸就可避免。"夏侯藻回去后,照他的话做了,连老母亲也带病出来了。家人已经在外面聚集了,五间房就轰然倒塌了。

护军张劭的老母亲病情严重。淳于智替他卜了一卦,让他到西边集市去买只猕猴,买了后将猕猴系在母亲的手臂上,然后让人拍打它,使它一直叫,三天后再放了它。张劭这样做了。猕猴一出门,便被狗咬死了,他老母亲的病也好了。

西川费孝先①,善轨革②,世皆知名。有大若人③王旻,因货殖至成都,求为卦。孝先曰:"教住莫住,教洗莫洗。一石谷捣得三斗米。遇明即活,遇暗即死。"再三戒之,令诵此言足矣。旻志之。及行,途中遇大雨,憩一屋下,路人盈塞。乃思曰:"教住莫住,得非此耶?"遂冒雨行。未几,屋遂颠覆,独得免焉。旻之妻已私邻比,欲媾终身之好,俟旋归,将致毒谋。旻既至,妻约其私人曰:"今夕新沐者,乃夫也。"将哺,呼旻洗沐,重易巾帻。旻悟曰:"教洗莫洗,得非此耶?"坚不从。妻怒,不省,自沐。夜半反被害。既觉,惊呼,邻里共视,皆莫测其由。遂被囚系拷讯。狱就,不能自辨。郡守录状,旻泣言:"死即死矣,但孝先所言,终无验耳。"左右以是语上达。郡守命未得行法,呼旻问曰:"汝邻比何人也?"曰:"康七。"遂遣人捕之。"杀汝妻者,必此人也。"已而果然。因谓僚佐④曰:"一石谷捣得三斗米,非康七乎?"由是辨雪。诚遇明即活之效。

【注释】

①西川:路名,位于今四川成都。费孝先:宋代易学家,成都人。
②轨革:一种古代占卜术。
③大若人:即信教的人。
④僚佐:即下属官吏。

【译文】

西川的费孝先,擅长占卜之术,世人都知道他的大名。一个信教的人叫王旻,经商到了成都,就请他算一卦。费孝先说:"叫你停下别停,叫你洗也别洗。一石谷子能舂三斗米。遇见圣明就能活,遇见愚昧就要死。"费孝先一再告诫他,要将这些话烂熟于心才行。王旻记住了这些话。等他回家之时,半路遭大雨,他就歇在一间屋子里,过路人都来躲雨,挤满了人。王旻寻思:"叫你停下别停,就是指这种情况吧?"于是他便冒雨前行。一会儿,这房子就塌了,只有他幸免于难。王旻的妻子已私通了邻居,并想终身相伴,等王旻到家,就想杀害他。王旻回家后,妻子便约好奸夫:"今晚洗澡的,就是我丈夫。"天快黑时,妻子就叫他洗澡,并给他换上了毛巾、梳子等。王旻领悟了:"叫你洗也别洗,说的就是这个了。"于是坚决不听他妻子的。他妻子一生气,没想约定的话,就自己去洗澡了。结果半夜时,他的妻子反被杀了。王旻立刻被惊醒,慌张地乱叫,邻居都来察看,但没人可推测他妻子的死因,于是王旻被囚禁、拷讯。案件已判定,王旻也不能辩解了。太守便让手下人来记录其罪状,王旻哭着说:"死就死!但费孝先所说的,没有应验罢了。"办事人将此话汇报给太守。太守便下令不要马上执行死刑,并传唤王旻来问:"你邻居是谁?"王旻回答:"康七。"太守便派人去抓康七,并告诉王旻:"必定是这个人杀你妻子的。"后审讯康七,的确是这样。太守告诉僚属:"一石谷子能舂三斗米,便还剩七斗糠,就是康七啊?"王旻的冤情于是得以昭雪,实在是"碰上圣明就活"应验了啊。

隗炤,汝阴鸿寿亭①民也。善《易》。临终书板,授其妻曰:"吾亡后,当大荒。虽尔,而慎莫卖宅也。到后五年春,当有诏使来顿此亭,姓龚。此人负②吾金,即以此板往责③之,勿负言也。"亡后,果大困,欲卖宅者数矣,忆夫言,辄止。至期,有龚使者,果止亭中,妻遂赍板责之。使者执板,不知所言,曰:"我平生不负钱,此何缘尔邪?"妻曰:"夫临亡,手书板,见命如此,不敢妄也。"使者沉吟,良久而悟。乃命取蓍筮之。卦成,抵掌④叹曰:"妙哉隗生!含明隐迹而莫之闻,可谓镜穷达而洞吉凶者也。"于是告其妻曰:"吾不负金,贤夫自有金,乃知亡后当暂穷,故藏金以待太平。所以不告儿妇者,恐金尽而困无已也。知吾善《易》,故书板以寄意耳。金五百斤,盛以青罂,覆以铜柈,埋在堂屋东头,去地一丈⑤,入地九尺。"妻还掘之,果得金,皆如所卜。

【注释】

①汝阴:郡名,位于今安徽阜阳。亭:十里一亭。

②负:负债。

③责:今作"债",即索债。

④抵(zhǐ)掌:击掌。

⑤去地一丈:也作"去壁一丈"。

【译文】

隗炤,汝阴郡鸿寿亭人,通晓《易经》。他临终前写了一块板交给妻子,说:"我死后,将发生严重的灾荒。即使如此,你千万别卖了房子。五年后的春天,皇上委派的使者会到鸿寿亭,他姓龚。他欠我黄金,你就用这板去讨债,不要违背我的遗嘱!"他死后,家中果然非常贫困,妻子多次想卖掉房产,想起丈夫的话,就打消了这念头。到了那天,果然有个龚姓使者来到亭中,他妻子便拿了这块板向龚使者讨债。使者拿着这块板无话可说,就说:"我从不欠别人钱,你这样是为什么?"隗炤的妻子说:"我丈夫临终之时,写了此板,他嘱托我这样做,我并非乱来。"龚使者想了好长时间才懂。于是便让人拿蓍草卜了一卦。占好后，拍手赞叹："好啊，隗炤！你隐蔽行踪因而没有人知道你，真可算个明察穷困通达、洞悉吉利灾祸之人啊！"于是他对隗炤的妻子说："我不欠他黄金，你的贤夫本来就有黄金，他知晓死后你们会遭遇一时贫困，因而藏起了黄金等太平之日。他不告诉你们，是怕黄金用完就会一直贫穷了。他知道我通晓《易经》，因而写此板来寄托心意。黄金五百斤，装在青色的瓷瓶里，用铜盘盖着，埋在堂屋东头，距墙一丈，九尺深。"她回家去挖，果然找到了黄金，和占卜说的情况一样。

会稽严卿，善卜筮。乡人魏序欲东行，荒年多抄盗，令卿筮之。卿曰："君慎不可东行，必遭暴害，而非劫也。"序不信。卿曰："既必不停，宜有以禳①之。可索西郭外独母家白雄狗，系着船前。"求索止得驳狗，无白者。卿曰："驳者亦足。然犹恨其色不纯，当余小毒，止及六畜辈耳。无所复忧。"序行半路，狗忽然作声甚急，有如人打之者。比视已死，吐黑血斗余。其夕，序墅上白鹅数头，无故自死，序家无恙。

【注释】
①禳(ráng)：古代一种消除灾殃的祭祀。

【译文】
会稽郡的严卿，擅长卜卦。他同乡魏序想去东方走走，但由于荒年强盗多，就让严卿算了一卦。严卿说："你千万别去东边。去了就定会被残暴杀害，而不只是被抢。"魏序不相信，严卿又说："既然你一定要去，最好想个办法祛除灾祸。你可去西门外孤寡老妇家索要一条白公狗，将它拴在船前。"魏序去找了一下，只找到了一条花狗，没白色的。严卿说："花狗也行，不过毛色驳杂，有点遗憾啊，还会留有少许毒汁，只能危害到家畜罢了。你不用担心什么了。"魏序走到半路，狗忽然大叫，好像有人打它。等魏序去看时，狗已死了，还吐了一斗多黑血。那天夜里，魏序家的白鹅，也毫无缘由地死了，而家人倒没有什么灾祸。

沛国华佗①,字元化,一名旉。琅邪刘勋为河内太守②,有女年几二十,苦脚左膝里有疮,痒而不痛。疮愈,数十日复发。如此七八年。迎佗使视。佗曰:"是易治之。"当得稻糠黄色犬一头,好马二匹,以绳系犬颈,使走马牵犬,马极辄易,计马走三十余里,犬不能行。复令步人拖曳,计向五十里。乃以药饮女,女即安卧不知人。因取大刀,断犬腹近后脚之前。以所断之处向疮口,令二三寸停之。须臾,有若蛇者,从疮中出,便以铁椎横贯蛇头。蛇在皮中动摇良久,须臾不动,乃牵出,长三尺许,纯是蛇,但有眼处而无瞳子,又逆鳞耳。以膏散着疮中,七日愈。

佗尝行道,见一人病咽,嗜食不得下。家人车载,欲往就医。佗闻其呻吟声,驻车往视,语之曰:"向来道边,有卖饼家蒜齑大酢③,从取三升饮之,病自当去。"即如佗言,立吐蛇④一枚。

【注释】

①华佗:东汉末医家,字元化,沛国谯人,被称为"神医"。
②刘勋:字子台,琅邪人。河内:郡名,位于今河南武陟西南。
③齑(jī):碎末。酢(cù):即醋。
④蛇:指一类像蛇一样的寄生虫。

【译文】

沛国的华佗,字元化,又叫旉。琅邪郡的刘勋担任河内郡太守,有个快满二十岁的女儿,苦于左膝盖里生了疮,很痒但不疼痛。疮好了,几十天后又复发,像这样反复七八年,才请来华佗治病。华佗说:"这病很好治。"于是他找到一条稻糠色的黄狗,两匹好马,在狗脖子上系绳,让飞奔的马牵着狗跑,一匹疲敝了,就换上另一匹。跑了三十多里,狗便跑不动了。又让人拖着走,一共行了五十里。于是他女孩喝药,这女孩便安然躺下不省人事了。接着华佗操起大刀,斩断狗靠近后腿前的腹部,拿其对准女孩的疮口,并与疮口保持两三寸的距离。片刻过后,一条像蛇一样的东西从疮口中爬了出来,华佗便用铁锥横穿了蛇头。蛇在女孩的皮肤下蠕动了很久,然后便不动了。华佗就拉它出来,竟约有三尺长,纯粹是蛇了,但只有眼眶而无眸子,又长着逆鳞而已。华佗给女孩疮口涂上药膏,七天后,女孩的疮就好了。

　　有一次,华佗走在路上,看到一个人喉咙有病,咽不下食物。他家人拉车载他去诊治。华佗听到了他的呻吟声,便停车看了看,对他说:"刚刚你经过的路旁,卖饼的有蒜泥醋,你去取三升来喝,病自会好。"这人就照着做,立刻吐出一条蛇样的寄生虫。

卷四

风伯、雨师,星也。风伯者,箕星也。雨师者,毕星①也。郑玄谓司中、司命,文昌第四、第五星也。雨师一曰屏翳,一曰号屏,一曰玄冥。

蜀郡张宽,字叔文,汉武帝时为侍中。从祀甘泉②,至渭桥,有女子浴于渭水③,乳长七尺。上怪其异,遣问之。女曰:"帝后第七车者,知我所来。"时宽在第七车,对曰:"天星主祭祀者。斋戒不洁则女人④见。"

【注释】

①箕星、毕星:星宿名。

②甘泉:泉水名,位于陕西甘泉县。

③渭桥:指中渭桥。渭水:渭河。

④女人:即女宿星。

【译文】

风伯和雨师是星宿。风伯,是箕宿。雨师,是毕宿。郑玄说司中和司命是文昌宫的第四、五星宿。雨师又称为屏翳、屏号、玄冥。

蜀郡人张宽,字叔文,汉武帝时曾担任皇宫侍中。他随从汉武帝到甘泉祭祀,到渭桥时,见到一个妇女在渭河洗浴,乳房长七尺。皇上很好奇她生得如此特别,便派人去请教她。妇女说:"皇帝后面第七辆车里的人,知道我来自哪里。"当时张宽坐在第七辆车中,他说:"这是掌管祭祀的星宿。祭祀前斋戒不洁,女宿就会现出原形。"

文王①以太公望②为灌坛令。期年,风不鸣条。文王梦一妇人,甚丽,当道而哭。问其故,曰:"吾泰山之女,嫁为东海妇。欲归,今为灌坛令当道有德,废我行。我行必有大风疾雨。大风疾雨,是毁其德也。"文王觉,召太公问之。是日果有疾雨暴风,从太公邑外而过。文王乃拜太公为大司马。

【注释】

①文王:姓姬,名昌,商纣时为西伯,积善行仁,诸侯多归从。其子武王称帝后,追为文王。

②太公望:姓姜,名望,字子牙,又称吕尚或姜尚。商末周初人,年老时被文王、武王重用,得展抱负。

【译文】

周文王任姜尚为灌坛县令。期满一年后,风调雨顺。文王梦到一个妇女,十分漂亮,挡在路上哭泣。文王问她原因,她说:"我是泰山神的女儿,嫁给东海龙王。我要出嫁,但灌坛令执政德行恩泽,妨碍了我的行程。因为我走过就会有狂风暴雨,这样会毁掉他的德行呀。"文王醒来,召见姜尚细问。那天果然风雨大作,但只经过灌坛城外。文王于是任命姜尚为大司马。

宋时,弘农冯夷①,华阴②潼乡隄首人也。以八月上庚日渡河,溺死。天帝署为河伯。又《五行书》曰:"河伯以庚辰日死。不可治船远行,溺没不返。"

【注释】

①弘农:郡名,位于今河南灵宝。冯夷:即河伯。

②华阴:县名,位于今陕西华阴东南。

【译文】

宋代时,弘农郡的冯夷,是华阴县潼乡隄首地方的人。八月上旬的庚日,他渡黄河时淹死了,上天安排他做河伯。另外,《五行书》说:"河伯死于庚辰日,这一天不能开船远行,否则就会沉没而回不来。"

吴①余杭县②南有上湖,湖中央作塘。有一人乘马看戏,将三四人至岑村饮酒,小醉,暮还。时炎热,因下马入水中,枕石眠。马断走归,从人悉追马,至暮不返。眠觉,日已向晡,不见人马。见一妇来,年可十六七,云:"女郎再拜,日既向暮,此间大可畏。君作何计?"因问:"女郎何姓?那得忽相闻?"复有一少年,年十三四,甚了了,乘新车,车后二十人,至,呼上车。云:"大人暂欲相见。"因回车而去。道中绎络把火,见城郭邑居。既入城,进厅事上,有信幡,题云:"河伯信。"俄见一人,年三十许,颜色如画,侍卫繁多。相对欣然,敕行酒笑,云:"仆有小女,颇聪明,欲以给君箕箒。"此人知神,不敢拒逆。便敕备办,会就郎中婚。承白已办,遂以丝布单衣及纱袷、绢裙、纱衫裤、履屐,皆精好。又给十小吏,青衣数十人。妇年可十八九,姿容婉媚。便成。三日,经大会客拜阁③。四日,云:"礼既有限,发遣去。"妇以金瓯、麝香囊与婿别,涕泣而分。又与钱十万,药方三卷,云:"可以施功布德。"复云:"十年当相迎。"此人归家,遂不肯别婚;辞亲,出家作道人。所得三卷方:一卷脉经,一卷汤方,一卷丸方。周行救疗,皆致神验。后母老兄丧,因还婚宦。

【注释】

①吴:一作"宋时"。

②余杭县:古县名,位于杭州余杭区。

③拜阁:即拜门,魏晋时婚后三日是女婿拜阁日。

【译文】

吴郡余杭县南边有个上湖,湖中央有堤坝。一个人骑马去看戏,带着三四个人去岑村喝酒,喝得微醉,傍晚时分才和随从一起回家。当时天气炎热,他就下马跳进湖中,枕在石头上睡着了。谁知他的马跑回了家,随从们都去追马,一直到天黑也没回来。他一觉醒来,太阳已经西下,人与马也都不见了。他看到一个女子走了过来,有十六七岁,告诉他:"小女子再拜,天色已晚,这儿很可怕,你要怎么办?"他就问:"姑娘姓什么?怎会和我在此偶遇呢?"这时又一个少年,十三四岁,聪明伶俐,乘着一辆新车,车后有二十个人跟随,来招呼他上车,并告诉他:"家亲想见你一面。"少年便掉转车头回家了。路上火把连绵不断,不久就看到城墙房屋。进城后来到官府公堂上,看到一面信旗写着"河伯信"。一会儿又看到一人,三十岁左右,面色如画,侍从很多。河伯很高兴他来,就让侍从斟酒端肉,并告诉他:"我女儿很聪明,我想把她嫁给你。"他知道河伯是神,因而不敢拒绝。河伯就命令下属去置办准备,让他们结婚。下属汇报说已办好,河伯便拿了十分精美的丝绸单衣、纱夹衣、绸缎裙子、纱短衫裤和鞋子给他。又给了他十个小吏和几十个婢女。那女子十八九岁,身材纤细,容貌美艳。于是他们结了婚。婚后三天举行盛大的宴会,宾客云集,女婿拜阁。第四天,河伯说:"婚礼既然有规矩,那就让他走吧。"他的妻子便拿了黄金酒器、麝香袋与丈夫道别,痛哭流涕地和他分手。又给了他十万铜钱、三卷药方,并嘱咐他:"可以用这些东西布施恩德。"又说:"十年后你要来接我。"他回家后,就不肯再结婚了;他辞别父母后,出家做了道士。他获得的三卷药方:一卷脉经,一卷汤剂方,一卷丸药方。他到处奔走,救死扶伤,都十分灵验。后来母亲年老、哥哥死了,他又还俗回家结了婚。

秦始皇三十六年,使者郑容从关东来,将入函关①。西至华阴,望见素车白马,从华山上下。疑其非人,道住止而待之。遂至。问郑容曰:"安之?"答曰:"之咸阳。"车上人曰:"吾华山使也。愿托一牍书,致镐池君所。子之咸阳,道过镐池②,见一大梓,有文石,取款梓,当有应者,即以书与之。"容如其言,以石款梓树,果有人来取书。明年,祖龙③死。

【注释】

①函关:函谷关,位于今河南灵宝东北。
②镐池:古池名,位于今西安西。
③祖龙:即秦始皇。

【译文】

秦始皇三十六年,使者郑容从关东而来,将要进入函谷关。他向西到达华阴县,远远就看到白车白马从华山上下来。他怀疑车中的不是人,就停在了路上,等车马过来。片刻后,车子就来到他面前,里面的人问他:"你去哪里?"郑容说:"去咸阳。"车中的人说:"我是华山神的使者,想托你带封信,送给镐池君。你去咸阳,会路过镐池,看到一棵大梓树,树下有一块花纹石头,你用它敲梓树,便有人出来接应,你就把信给他。"郑容这样做了，用石头敲梓树，果然有人出来拿信。第二年，秦始皇就死了。

宫亭湖①孤石庙，尝有估客至都，经其庙下，见二女子，云："可为买两量丝履，自相厚报。"估客至都，市好丝履，并箱盛之。自市书刀②亦内箱中。既还，以箱及香，置庙中而去，忘取书刀。至河中流，忽有鲤鱼跳入船内，破鱼腹，得书刀焉。

南州人有遣吏献犀簪于孙权者，舟过宫亭庙而乞灵焉。神忽下教曰："须汝犀簪。"吏惶遽，不敢应。俄而犀簪已前列矣，神复下教曰："俟汝至石头城，返汝簪。"吏不得已，遂行。自分失簪，且得死罪。比达石头，忽有大鲤鱼，长三尺，跃入舟。剖之得簪。

【注释】

①宫亭湖：即今鄱阳湖。
②书刀：古人在竹简上写字，常用来削改的刀。

【译文】

宫亭湖畔有座孤石庙，曾经有一个贩运货物的商人到都城去，经过这座庙时，看见两位姑娘对他说："如果你能给我们买两双丝鞋，我们一定重重答谢你。"这个商人到都城后便买好丝鞋，把它们用箱子装起来。他自己买了一把写字时用来削改竹简的刀也放在箱子里。返回去后，他把箱子和线香放在庙里便走了，却忘记取出书刀。他的船刚行到河中央，忽然有一条鲤鱼跳进船舱里，剖开鱼肚子，发现书刀在里面。

南州人派小吏给孙权进献犀牛角制成的簪子，船经过彭泽湖边的宫亭庙，他就下船去庙中乞求神灵保佑。神灵忽然说："我要你的犀牛角簪子。"小吏非常害怕，不敢答应。过了一会儿，犀牛角簪子已经放到神像的前面了，神灵又说："等你到了石头城，我就把簪子还给你。"小吏没有办法，只好走了。他觉得丢了簪子一定会被处死。不想等他到了石头城，忽然有一条大鲤鱼，长三尺，跳进船里。他剖开鱼肚子，便得到了簪子。

庐陵①欧明，从贾客，道经彭泽湖。每以舟中所有，多少投湖中，云："以为礼。"积数年。后复过，忽见湖中有大道，上多风尘。

有数吏,乘车马来候明,云:"是青洪君②使要。"须臾达,见有府舍,门下吏卒,明甚怖。吏曰:"无可怖。青洪君感君前后有礼,故要君。必有重遗君者。君勿取,独求'如愿'耳。"明既见青洪君,乃求如愿。使逐明去。如愿者,青洪君婢也。明将归,所愿辄得,数年,大富。

【注释】
①庐陵:郡名,位于今江西吉水东北。
②青洪君:彭泽湖神。

【译文】
　　庐陵郡人欧明,跟随贩货商人经过彭泽湖,总将船中之物或多或少地扔一些到湖中,说:"将它们作为礼物。"几年之后,他又经过彭泽湖,突然看到湖中有条大路,路上很多尘土。几个小吏乘着车、骑着马就来迎接欧明,说是青洪君让来邀请他去的。片刻后,欧明就到那里了,看到官府房屋,门口有差役,欧明十分害怕。小吏便说:"没有什么好怕的。青洪君感激你送的礼品,因此邀请你。他必定要回赠你贵重的物品,可你不要拿,只求'如愿'就行了。"欧明见到了青洪君,就向他索要如愿。青洪君就让如愿随欧明走。如愿是青洪君的婢女。欧明带如愿回家,愿望总能实现,几年后便十分富裕了。

　　益州之西,云南之东,有神祠①,剅山石为室,下有神奉祠之,自称黄公。因言此神,张良②所受黄石公之灵也。清净不宰杀。诸祈祷者,持一百钱,一双笔,一丸墨,置石室中,前请乞,先闻石室中有声,须臾,问:"来人何欲?"既言,便具语吉凶,不见其形。至今如此。

　　永嘉中,有神见兖州③,自称樊道基。有姬,号成夫人。夫人好音乐,能弹箜篌④。闻人弦歌,辄便起舞。

【注释】
①益州:州名,位于今四川。云南:州名,主要位于今云南祥云。

②张良：汉初重臣，刘邦的谋士，封留侯。
③兖州：州名，主要位于今山东。
④箜篌：一种弦乐器。

【译文】

　　益州的西边，云南的东边，有座神庙。山上的洞穴是供奉神灵的宝殿，宝殿之下有座神像，被人们供奉着，被称为黄公，于是有人说庙里的神灵，是指点张良的黄石公。他喜好清静素洁，不喜宰杀牲畜。来祈祷的老百姓，拿一百张纸，两支笔，一块墨放在洞中，便可去乞求了。首先会听到石洞中的声音，一会儿后，里边就问他们："要求什么？"等他们说完了，他就一一解释吉凶，但看不到其形体。直到今天还如此。

　　永嘉年间，有一个神仙在兖州出现，自称樊道基。有个妇女称为成夫人。成夫人爱好音乐，会弹箜篌。她听到奏乐演唱，便立即跳起了舞。

　　汉宣帝①时，南阳阴子方者②，性至孝，积恩好施，喜祀灶。腊日③晨炊，而灶神形见。子方再拜受庆。家有黄羊，因以祀之。自是已后，暴至巨富，田七百余顷，舆马仆隶，比于邦君④。子方尝言："我子孙必将强大。"至识三世，而遂繁昌。家凡四侯，牧守数十。故后子孙尝以腊日祀灶，而荐黄羊焉。

　　吴县张成，夜起，忽见一妇人立于宅南角，举手招成曰："此是君家之蚕室，我即此地之神。明年正月十五，宜作白粥，泛膏于上。"以后年年大得蚕。今之作膏糜像此。

【注释】

①汉宣帝：即西汉皇帝刘询。
②南阳：郡名，位于今河南省西南部。阴子方：详见于《后汉书·阴识传》。
③腊日：即腊八节。
④邦君：地方长官。

【译文】

　　汉宣帝之时，南阳郡有个阴子方，本性极为孝顺，他乐善好施，喜欢祭祀灶神。腊八节那天做早饭时,灶神出现了,阴子方拜了两次,请求能得到灶神庇佑。他家里有黄羊,就被用来祭灶。自此以后,他暴富为大富翁,有七百多顷耕田,车马和仆人,可与地方长官相比。阴子方曾说:"我的子孙定会更强大。"到第三代时,阴家就繁荣起来了。家中被封侯的共四人,几十个做了州郡官。因而后来他的子孙常常在腊日祭灶,并进献黄羊。

　　吴县的张成,晚上起夜,突然看到一个女子站在他家南边,挥手呼喊张成:"这是你家的蚕房,我便是这里的神仙。明年正月十五,最好煮点白米粥,涂一层米膏在养蚕房上。"这以后,张成年年收获很多的蚕。现在人们也像这样做糯米膏。

　　豫章有戴氏女,久病不差。见一小石,形象偶人。女谓曰:"尔有人形,岂神?能差我宿疾①者,吾将重汝。"其夜,梦有人告之:"吾将佑汝。"自后疾渐差。遂为立祠山下。戴氏为巫,故名戴侯祠。

　　汉阳羡长②刘玘,尝言:"我死当为神。"一夕饮醉,无病而卒。风雨失其柩。夜闻荆山有数千人嗷声。乡民往视之,则棺已成冢。遂改为君山,因立祠祀之。

【注释】

①宿疾:一向患有的疾病。

②阳羡:县名,位于今江苏宜兴南。长:即县长。

【译文】

　　豫章郡有个戴姓女子,久病不好。一次,她见到了一块小石头,像木偶人。这女子就告诉它:"你是人形,是神仙吗?倘若你能治愈我这老病,定当重重酬谢你。"那天晚上,女子梦到有人对她说:"我会保佑你的。"此后,她的病就逐渐好了。于是她为小石头在山下建了一座庙子,女子做了巫婆,因而这庙叫作戴侯祠。

　　汉代阳羡县令刘玘曾说:"我死后会成仙。"一天夜里,他喝醉了,没生病就死了。当时大风大雨将他的棺材刮跑了。那天晚上,人们听到荆山上有几千人在喊叫,乡中百姓赶过去看,那棺材已化成坟墓了。于是荆山被改称为君山,同时也修建了庙宇祭祀他。

卷五

　　蒋子文者,广陵①人也。嗜酒好色,挑达无度。常自谓己骨清,死当为神。汉末为秣陵尉,逐贼至钟山下,贼击伤额,因解绶缚之,有顷遂死。及吴先主②之初,其故吏见文于道,乘白马,执白羽,侍从如平生。见者惊走。文追之,谓曰:"我当为此土地神,以福尔下民。尔可宣告百姓,为我立祠。不尔,将有大咎。"是岁夏,大疫,百姓窃相恐动,颇有窃祠之者矣。文又下巫祝③:"吾将大启佑孙氏,宜为我立祠。不尔,将使虫入人耳为灾。"俄而小虫如尘虻,入耳皆死,医不能治。百姓愈恐。孙主未之信也。又下巫祝:"若不祀我,将又以大火为灾。"是岁,火灾大发,一日数十处。火及公宫。议者以为鬼有所归,乃不为厉,宜有以抚之。于是使使者封子文为中都侯,次弟子绪为长水校尉,皆加印绶。为立庙堂。转号钟山为蒋山,今建康东北蒋山是也。自是灾厉止息,百姓遂大事之。

【注释】

①广陵:郡名,位于今江苏扬州。

②吴先主:指孙权。

③巫祝:主持祭祀的人。

【译文】

　　蒋子文,广陵郡人氏,嗜好喝酒,喜好女色,轻薄放荡而毫无节制,常夸自己的骨相清俊,死后会成仙。汉代末年他担任秣陵县县尉,一次追赶强盗到了钟山脚下,强盗弄伤了他的前额,于是他解下印绶包扎伤口,不久就死了。到孙权建立吴国时,他的旧僚在路上遇见了蒋子文,看到他乘白马,手执白色羽扇,跟班也像往常那样。同僚看到后惊讶得转身就走。蒋子文追赶他,并说:"我要当这儿的土地神,给老百姓带来福祉,你传达给老百姓,让他们给我修祠庙。否则,就会有严重灾难。"这年夏天,瘟疫横行,百姓暗自惊慌失措,许多人偷偷地祭祀他。蒋子文又告诉巫祝:"我将大大地保佑孙权,应为我建立祠庙。否则,我将让虫子钻进你们的耳朵成灾害。"不久,就有飞蚁般的小虫,钻进耳朵人就死了,医生也治不了。老百姓更恐慌了。孙权仍不相信他。他又告诉巫祝说:"倘若不祭祀我,我又要引发大火成灾。"这年,火灾泛滥,一天就烧了几十个地方,大火还烧到了王宫。议事的人认为鬼若有了归宿,才不会作恶害人,因而应当安抚一下他。于是派使者去封蒋子文为中都侯,封其弟蒋子绪为长水校尉,都加赐了印绶,并给修建了庙宇,将钟山改作蒋山,就是现在建康东北的蒋山。从此以后,灾难便停息了,于是老百姓就隆重祭祀蒋子文。

刘赤父者,梦蒋侯召为主簿。期日促,乃往庙陈请:"母老子弱,情事过切,乞蒙放恕。会稽魏过,多材艺,善事神,请举过自代。"因叩头流血。庙祝曰:"特愿相屈。魏过何人,而有斯举?"赤父固请,终不许。寻而赤父死焉。

【译文】

刘赤父梦到蒋子文召唤他当主簿。他们约定上任的日子非常紧,于是他就去蒋山庙里倾诉说:"我上有老母,下有幼儿,实在很窘迫,求你宽恕。会稽郡的魏过,才艺多样,喜欢侍奉神仙,请您提拔魏过来替代我吧。"于是他磕头直到流出了血。庙中巫祝说:"蒋侯特地让你就职。魏过是谁,却推举他?"刘赤父一再坚持,但他始终不答应。刘赤父不久便死了。

咸、宁①中,太常②卿韩伯子某,会稽内史王蕴子某,光禄大夫刘耽子某,同游蒋山庙。庙有数妇人像,甚端正。某等醉,各指像以戏,自相配匹。即以其夕,三人同梦蒋侯遣传教相闻,曰:"家子女并丑陋,而猥垂荣顾。辄刻某日,悉相奉迎。"某等以其梦指适异常,试往相问,而果各得此梦,符协如一。于是大惧。备三牲③,诣庙谢罪乞哀。又俱梦蒋侯亲来降己,曰:"君等既已顾之,实贪会对。克期垂及,岂容方更中悔。"经少时并亡。

【注释】
①咸、宁:东晋时咸安、宁康两个年号。
②太常:官名,九卿之一,主要掌管宗庙礼仪。
③三牲:牛、羊、猪,用以祭祀,古称太牢。

【译文】
晋代咸安、宁康年间,太常卿韩伯的儿子韩某,会稽内史王蕴的儿子王某和光禄大夫刘耽的儿子刘某,一起游玩观赏蒋山庙。庙中有几个妇女像,十分端正。这三人喝醉了,都指着这些神像开玩笑,任意挑了个做各自的妻子。那天夜里,三人都梦到蒋侯派人传话:"我女儿都长得很丑,承蒙你们看得起前来光顾。我就定好日子,接你们过来吧。"这三人因那梦不同寻常,因此相互问,果然都做了一模一样的梦。于是他们非常害怕,准备好牛、羊、猪等去山庙赔罪,乞求哀怜。接着他们又都梦见蒋侯说:"你们既然已眷顾我女儿,我实在想促成你们。约定之日快到了,哪能半路改变呢?"不久,三个人都死了。

淮南全椒县①有丁新妇者,本丹阳②丁氏女。年十六,适全椒谢家。其姑③严酷,使役有程,不如限者,仍便笞捶不可堪。九月九日,乃自经死。遂有灵向,闻于民间。发言于巫祝曰:"念人家妇女,作息不倦,使避九月九日,勿用作事。"见形,着缥衣,戴青盖,从一婢,至牛渚津,求渡。有两男子,共乘船捕鱼,仍呼求载。两男子笑共调弄之,言:"听我为妇,当相渡也。"丁妪曰:"谓汝是佳人,而无所知。汝是人,当使汝入泥死;是鬼,使汝入水。"便却入草中。须臾,有一老翁乘船载苇。妪从索渡。翁曰:"船上无装,岂可露渡。恐不中载耳。"妪言:"无苦。"翁因出苇半许,安处不着船中,径渡之。至南岸,临去,语翁曰:"吾是鬼神,非人也,自能得过。然宜使民间粗相闻知。翁之厚意,出苇相渡,深有惭感,当有以相谢者。若翁速还去,必有所见,亦当有所得也。"翁曰:"恐燥湿不至④,何敢蒙谢。"翁还西岸,见两男子覆水中。进前数里,有鱼千数,跳跃水边,风吹至岸上。翁遂弃苇,载鱼以归。于是丁妪遂还丹阳。江南人皆呼为丁姑。九月九日,不用作事,咸以为息日也。今所在祠之。

【注释】

①全椒县:县名,位于今安徽。
②丹阳:县名,位于今安徽当涂。
③姑:即婆母。
④燥湿不至:指照顾不周。

【译文】

淮南郡全椒县有个丁姓媳妇,本来是丹阳县丁家的女儿,十六岁就嫁给了谢家。她婆婆严厉凶恶,规定了她的劳作,如不按时完成,就用鞭子抽打。丁氏忍受不了,九月九日便上吊自杀了。于是便有神仙显灵在民间流传。据说她通过巫祝发话说:"我念及别人家的媳妇,天天劳动而不休息,因而让她们九月九日这天不再干活。"丁氏现了原形,穿着淡青的衣服,撑着青黑的伞,有个婢女相随,到牛渚津要摆渡。有两个男子,同船捕鱼,她便呼喊他们把她渡过河去。这两个男子嬉笑着调戏她说:"倘若你做我们的妻子,就把你渡过去。"丁氏说:"以为你们是好人,你们却是无知小辈。你们是人,就让你们死在污泥中;是鬼,就让你们死在水中。"说完便退到草丛去了。不久,一位老人划船装运芦苇过来,丁氏请求他载她过河。老人说:"船上无篷子,怎么能让你露天渡过呢?我这船恐怕不适合你吧。"丁氏说:"我不怕苦。"老人就卸了约一半芦苇,把她们安置在船上,一直载到了南岸。丁氏离开时告诉老人:"我是鬼神,不是人,我能过河。这样做是想让百姓都了解我。你一番好意,卸下芦苇渡我过河,真是不好意思,我一定要感谢你。倘若你马上回去,必会有所见,也有所得。"老人说:"恐怕没照顾好你们吧,哪敢接受感谢!"老人到了西岸,看见水上有两具男尸。再向前走了几里,有千条鱼在水边活蹦乱跳,都被风吹到了岸上。老人于是扔掉了芦苇,装上鱼回家了。于是丁氏便回丹阳县了。江南人都称她丁姑。每年九月九日,人们都不做事了,大家都认为这是休息的日子。如今,人们还在那里祭祀她。

散骑侍郎①王祐,疾困,与母辞诀。既而闻有通宾者,曰:"某郡某里某人。"尝为别驾,祐亦雅闻其姓字,有顷,奄然来至,曰:"与卿士类,有自然之分,又州里,情便款然。今年国家有大事,出三将军,分布征发。吾等十余人,为赵公明府参佐②。至此仓卒,见卿有高门大屋,故来投。与卿相得,大不可言。"祐知其鬼神,曰:"不幸疾笃,死在旦夕。遭卿,以性命相托。"答曰:"人生有死,此必然之事。死者不系生时贵贱。吾今见领兵三千,须卿,得度簿相付。如此地难得,不宜辞之。"祐曰:"老母年高,兄弟无有,一旦死亡,前无供养。"遂欷歔③不能自胜。其人怆然曰:"卿位为常伯,而家无余财。向闻与尊夫人辞诀,言辞哀苦,然则卿国士也,如何可令死?吾当相为。"因起去:"明日更来。"其明日又来。祐曰:"卿许活吾,当卒恩否?"答曰:"大老子业已许卿,当复相欺耶!"见其从者数百人,皆长二尺许,乌衣军服,赤油为志。祐家击鼓祷祀。诸鬼闻鼓声,皆应节起舞,振袖,飒飒有声。祐将为设酒食,辞曰:"不须。"因复起去,谓祐曰:"病在人体中,如火。当以水解之。"因取一杯水,发被灌之。又曰:"为卿留赤笔十余枝,在荐下,可与人,使簪之。出入辟恶灾,举事皆无恙。"因道曰:"王甲、李乙,吾皆与之。"遂执祐手与辞。时祐得安眠,夜中忽觉,乃呼左右,令开被:"神以水灌我,将大沾濡。"开被而信有水,在上被之下,下被之上,不浸,如露之在荷。量之,得三升七合。于是疾三分愈二,数日大除。凡其所道当取者,皆死亡;唯王文英,半年后乃亡。所道与赤笔人,皆经疾病及兵乱,皆亦无恙。初有妖书云:"上帝以三将军赵公明、钟士季④,各督数鬼下取人。"莫知所在。祐病差,见此书,与所道赵公明合。

【注释】

①散骑侍郎:官名,伴君规谏过失,以备顾问。

②赵公明：《真仙通鉴》所载的八部鬼帅之一。参佐：部下，指鬼职。

③欷歔：抽噎。

④钟士季：名会，颍川长社人，三国时魏国谋士和将领。

【译文】

散骑侍郎王祐生了重病，便辞别了母亲。一会儿过后，他听到通报有客人来，说："某郡某乡的某某人来了。"他曾经担任过别驾从事史，王祐以前也听过他的大名。一会儿，那人突然光临，告诉王祐："我和你一样都是读书人，当然有缘分，又是同乡，感情就融洽。今年国家有大事，派遣了三位大将军，分别去各个地方收集民间的人力和物资。我们这一拨十几个人，是赵公明的属下。急急忙忙到这里来，见到你有高门大屋，因而来投靠你，和你相交，妙不可言啊。"王祐知道他们都是鬼神，便说："我不幸病危，死期将至。现在遇到你们，求你救我一命。"那人说："生死有命，必然如此，而死人和在世的贵贱并不相关。现在我带兵三千，要你来统领，若你答应，便考虑给你档案簿册。这样的机会确实很难得，你不应该推辞的。"王祐说："老母年寿已高，又无兄弟，我一旦死了，便没人养我老母了。"于是便泣不成声。那人哀怜地说："你位为侍中，家中却无积余。刚刚听见你和母亲辞别，言辞十分可怜。这样看来，你是国中高士了，怎能让你死呢？我必定尽力为你帮忙。"说着便起身要离开，并对王祐说："明天我再来。"第二天，那人又来了。王祐说："你答应让我活着，果真会把这种恩惠给我吗？"那人说："已经答应你了，难道还会有假？"只见他的几百个跟班，身高都只有约二尺，身穿黑色军装，画上了红色的油漆的标志。王祐家里击鼓祷告，鬼神听到鼓声，都跟着节奏翩翩起舞，衣袖挥动，飒飒不停。王祐想给他们置酒宴，那人拒绝说："不用了。"便又起身要离开，并告诉王祐："你病在身体里，像火一样热，要用水来消灭它。"接着他便端了杯水，掀起被子浇了上去。又告诉王祐："留了十几支红笔，在席子下，你可以送给别人当簪子用。这样就可以躲避灾祸，行事都能安然无恙。"接着他又说："我与王甲、李乙都结交了。"于是就握手告别。那时候王祐还能安然睡着，晚上突然醒了，便呼唤身边的随从，叫他们掀开被子，说："鬼神用水浇我，被子都快湿透了。"随从掀开被子一看，当真有水，但水在两条被子之间，并未渗到被中，好像荷叶上的露水一样。测量一下，一共有三升七合。于是王祐的病好了三分之二,几天过后便痊愈了。凡是鬼神说过要带走的人,都死了,只有王文英,半年之后才死去。按他的说法,给了笔的人,虽然都经历了疾病和战乱,也都还相安无事。起初有妖书说:"上帝派遣赵公明、钟会等三位大将军,每人统率几万个鬼来抓人。"当时无人知道鬼在何处。王祐病好之后,看到这妖书,与他所遇见的人说的完全吻合。

南顿①张助于田中种禾,见李核,欲持去。顾见空桑,中有土,因植种,以馀浆溉灌。后人见桑中反复生李,转相告语。有病目痛者,息阴下,言:"李君令我目愈,谢以一豚。"目痛小疾,亦行自愈。众犬吠声,盲者得视,远近翕赫。其下车骑常数千百,酒肉滂沱。间一岁余,张助远出来还,见之惊云:"此有何神,乃我所种耳。"因就斫之。

王莽②居摄,刘京③上言:"齐郡④临淄县亭长辛当,数梦人谓曰:'吾天使也,摄皇帝当为真。即不信我,此亭中当有新井出。'亭长起视,亭中果有新井,入地百尺。"

【注释】
①南顿:县名,位于今河南项城西。
②王莽:字巨君,汉元帝皇后的侄子,中国历史上新朝的建立者。
③刘京:道士,拜为广饶侯。
④齐郡:汉置,位于今山东临淄。

【译文】
南顿县人氏张助,一次在田里种庄稼,见到了一颗李子核,想捡起来扔掉。回头看到桑树洞中有土,便将核种在里面,并拿喝剩的茶水浇它。后来有人看到桑树中长出了李树,于是相互传开了。一个有眼疾的人,在李树下休息,便对着李树祈祷:"李树神,倘若你让我的眼病痊愈,我就酬谢你一头猪。"眼痛这个小病便自行痊愈了。真是"众犬吠声"啊,人们将眼痛痊愈传成了瞎子恢复了视力,远近都知道了。李树下常有几千几百辆车马,酒肉多得铺满地。一年多过后,张助从外地回来,看到这情景惊讶地说："这有什么神明？只不过是我种的李树而已。"于是他便砍了李树。

　　王莽暂时当皇帝，刘京进奏说："齐郡临淄县亭长辛当，屡次梦到有人告诉他：'我是上天派来的使者，你们的摄政皇帝应该做真皇帝。倘若你不信我，这亭屋中必定会有新井出现。'亭长起床去看，果然有口新井，有一百尺深。"

卷六

妖怪者,盖精气之依物者也。气乱于中,物变于外。形神气质,表里之用也。本于五行①,通于五事②。虽消息③升降,化动万端,其于休咎之征,皆可得域而论矣。

【注释】
①五行:指金、木、水、火、土。
②五事:即貌、言、视、听、思。
③消息:指生灭和盛衰。

【译文】
妖怪,是精气依附而形成的物体。精气充盈于物体中,物体便变化于外形上。形体和精神,体现了物体外在和内在。它们的本源是金、木、水、火、土五行,相通于容貌、言谈、观察、聆听、思考五种事情。尽管它们生灭盛衰,变化无穷,但在祸福的征兆上,它们都可以在一定的范围以内论定。

夏桀之时,厉山①亡。秦始皇之时,三山②亡。周显王三十二年,宋大邱社亡。汉昭帝之末,陈留、昌邑③社亡。京房《易传》④曰:"山默然自移,天下兵乱,社稷亡也。"故会稽山阴琅邪中有怪山,世传本琅邪东武⑤海中山也。时天夜,风雨晦冥,旦而见武山在焉。百姓怪之,因名曰怪山。时东武县山,亦一夕自亡去。识其形者,乃知其移来。今怪山下见有东武里,盖记山所自来,以为名也。又交州脆州山移至青州朐县。凡山徙,皆不极之异也。此二事未详其世。《尚书·金縢》⑥曰:"山徙者,人君不用道士,贤者不兴;或禄去公室,赏罚不由君,私门成群。不救,当为易世变号。"说曰:"善言天者,必质于人;善言人者,必本于天。故天有四时,日月相推,寒暑迭代。其转运也,和而为雨,怒而为风,散而为露,乱而为雾,凝而为霜雪,张而为虹蜺。此天之常数也。人有四肢五脏,一觉一寐,呼吸吐纳,精气往来;流而为荣卫,彰而为气色,发而为声音。此亦人之常数也。若四时失运,寒暑乖违,则五纬⑦盈缩,星辰错行,日月薄蚀,彗孛流飞,此天地之危诊也。寒暑不时,此天地之蒸否也。石立土踊,此天地之瘤赘也。山崩地陷,此天地之痈疽也。冲风暴雨,此天地之奔气也。雨泽不降,川渎涸竭,此天地之焦枯也。"

【注释】

①厉山:相传为炎帝神农的诞生地,位于今湖北省随州厉山镇九龙山南麓。

②三山:指蓬莱、方丈、瀛洲。

③陈留:县名,位于今河南省开封市陈留镇。昌邑:县名,位于今山东巨野东南。

④京房《易传》:即汉京房所撰的《京氏易传》。

⑤东武:县名,位于今山东诸城。

⑥《尚书·金縢》:引文出自《洪范》。

⑦五纬:指金、木、水、火、土五星。

【译文】

夏桀在位时,厉山便消失了。秦始皇在位时,三仙山也消失了。周显王三十二年,宋大丘的土地庙消失了。汉昭帝末,陈留郡昌邑县的土地庙消失了。京房所写的《易传》说:"大山默默地自行迁移,天下便有战乱,国家便会灭亡。"以前会稽郡山阴县琅邪山中有一座怪山,据说曾是琅邪郡东武县海中的山。一天晚上,风雨大作,天色晦暗,第二天早上便看到那座山在这里了。百姓都十分奇怪,便叫它怪山。当时东武县的山,这天晚上也自行消失了。了解山形的人,才晓得它是从东武县迁移过来的。现在怪山下还能看到东武里,大概是为了记载这山的来处,因而以东武为名字。还有,交州的脆州山迁移到了青州朐县。凡是山丘迁移,都是怪事。这两件事,已经不能详细地了解发生的时代了。《尚书·金縢》说:

"山丘迁移,是因为君王任人不道德,贤能的人不受任用,或是任命官职的权利脱离了皇室,赏罚的施行也脱离了君主,权贵成群,已无法挽救;应当改朝换代了。"有人说:"善于谈论天的,必定以人事为本;善于评定人事的,必定以天为基础。因而有四季的变化,太阳、月亮推移,寒冬炎暑交替。天运行的时候,调和便成为雨,奋发便成为风,发散便成为露,迷乱便成为雾,凝固便成为霜和雪,树立便成为虹霓,这是自然的常规。人有四肢和五脏,醒来或睡去,呼吸之间,吐故纳新,元气往返,流动便成为血气,显现便成为气色,发出便成为声音,也是人的常规。倘若四季异常运行,冬夏轮替违背了常规,就会导致金、木、水、火、土五星的运行异常,星辰运行紊乱,日食月食接连不断,扫帚星漫天飞流,这就是自然危险的症状了。冬夏不按时来到,是自然上升的热气被阻塞了的结果。山石危耸,泥土涌出,是自然所长的瘤子赘疣。山落崩塌,土地下陷,是自然所长的毒痈。狂风横行,暴雨倾盆,是自然中奔腾的元气。天不下雨,山川干涸,是自然枯焦的征兆。"

商纣①之时,大龟生毛,兔生角。兵甲将兴之象也。

周宣王②三十三年,幽王③生。是岁有马化为狐。

晋献公二年,周惠王居于郑。郑人入玉府,多脱化为蜮④,射人。

周隐王二年⑤四月,齐地暴长,长丈余,高一尺五寸。京房《易妖》⑥曰:"地四时暴长。占:春夏多吉,秋冬多凶。"历阳之郡,一夕沦入地中而为水泽,今麻湖是也。不知何时。《运斗枢》⑦曰:"邑之沦,阴吞阳,下相屠焉。"

【注释】

①商纣:商代君王,凶残暴虐。
②周宣王:西周君主。
③幽王:周宣王之子,荒淫。
④蜮(yù):据说为状如鳖,三足的一类动物,又称射人影,在水中含沙射人。

⑤周隐王二年:按《史记》当作"周赧王二年"。
⑥《易妖》:京房所作一种易学著作。
⑦《运斗枢》:书名。

【译文】
商纣王的时候,大乌龟身上长出了毛,兔子头上长出了角。这是战争马上要爆发的征兆。

周宣王三十三年,周幽王诞生。这一年有马变成了狐狸。

晋献公二年,周惠王在郑国逗留。郑人到玉库中偷了很多玉,这些玉大多变成了蜮,含沙射人。

周隐王二年四月,齐国的土地突然飞长,有一丈多长,一尺五寸高。京房所写的《易妖》说:"四季中土地突然飞长,占卜结果是:春、夏季多吉利,秋、冬季多凶险。"历阳郡,一夜便陷入地下而成了湖泊,如今的麻湖便是原来的历阳郡,但不知什么时候发生的这件事。《运斗枢》上说:"郡县的下沉,是阴气吞没阳气,阴阳之气相互消长的结果。"

秦始皇二十六年,有大人,长五丈,足履六尺,皆夷狄服,凡十二人,见于临洮,乃作金人十二以象之。

汉惠帝二年,正月癸酉旦,有两龙现于兰陵①廷东里温陵井中,至乙亥夜去。京房《易传》曰:"有德遭害,厥妖龙见井中。"又曰:"行刑暴恶,黑龙从井出。"

【注释】
①兰陵:县名,位于今山东兰陵县。

【译文】
秦始皇二十六年,出现了一个巨人,五丈高,所穿鞋子六尺长,都穿着夷狄族人的服饰。他们一共十二人,出现在临洮县。于是便照他们的模样造了十二尊铜像。

汉惠帝二年正月癸酉早晨,有两条龙出现在兰陵县廷东里温陵的井中,三天后乙亥那天晚上才离开。京房的《易传》说:"有德行的人遇害,它奇异的征兆是龙出现在井里。"又说:"施行刑罚残暴凶恶,便有黑龙从井里腾出来。"

汉文帝十二年,吴地有马生角,在耳前,上向,右角长三寸,左角长二寸,皆大二寸。刘向以为马不当生角,犹吴不当举兵向上也,吴将反之变云。京房《易传》曰:"臣易上,政不顺,厥妖马生角。兹谓贤士不足。"又曰:"天子亲伐,马生角。"

文帝后元五年六月,齐雍城门外有狗生角。京房《易传》曰:"执政失,下将害之,厥妖狗生角。"

【译文】

汉文帝十二年,吴郡一匹马长了角,角竖在耳朵的前面,右边的角三寸长,左边的角二寸长,直径都为二寸。刘向认为马不该长角,就像吴王不该对皇上兴兵一样,马长角是吴国将叛乱的异常现象。京房《易传》说:"臣下取代君王,政治不顺畅,它的奇异征兆是马长角。这是贤达人不满足的征兆。"又说:"天子亲自征伐,马便生角。"

汉文帝后元五年六月,齐国雍城门外有条狗长角。京房《易传》说:"掌权的人有失误,臣子想要祸害他,它的怪异征兆是狗长角。"

汉昭帝元凤元年九月,燕有黄鼠衔其尾,舞王宫端门中。王往视之,鼠舞如故。王使吏以酒脯祠,鼠舞不休,一日一夜死。时燕王旦谋反,将死之象也。京房《易传》曰:"诛不原情,厥妖鼠舞门。"

昭帝元凤三年正月,泰山芜莱山南,汹汹有数千人声。民往视之,有大石自立,高丈五尺,大四十八围①,入地深八尺,三石为足。石立后,有白乌数千集其旁。宣帝中兴之瑞也。

【注释】

①围:量词,计量圆周的单位,即两只胳膊相围的长度,也指拇指和食指相围的长度。

【译文】

汉昭帝元凤元年九月,封地燕国有黄鼠含着自己的尾巴,在王宫南面的正门跳舞。燕王去查看,它仍然跳个不停。燕王便派官吏用酒肉去祭祀,黄鼠还是跳个不停,一天一夜便死了。当时燕王密谋造反,这是他快要死的征兆。京房所作《易传》说:"不顾情面诛杀,它的怪异征兆就是老鼠在门中跳舞。"

汉昭帝元凤三年正月,在泰山郡芜莱山南麓有一片好似几千个人的嘈杂声。人们前去看,只见有个大石头自行耸立着,石头一丈五尺高,四十八围大,地下的部分八尺深,有三只石头基脚。大石头耸立后,有几千只白乌鸦聚在它的旁边。这是汉宣帝中兴的祥瑞之兆。

昭帝时,上林苑①中大柳树断,仆地。一朝起立,生枝叶。有虫食其叶,成文字,曰:"公孙病已立。"

昭帝时,昌邑王贺②见大白狗冠方山冠而无尾。至熹平③中,省内冠狗带绶以为笑乐。有一狗突出,走入司空府门。或见之者,莫不惊怪。京房《易传》曰:"君不正,臣欲篡,厥妖狗冠出朝门。"

【注释】

①上林苑:古宫苑名,秦始皇时修建的。
②昌邑王贺:汉废帝刘贺,汉武帝刘彻的孙子,荒淫无度而被废。
③熹平:东汉灵帝刘宏第二个年号。

【译文】

汉昭帝时,上林苑中有棵大柳树断在了地上。一天它又直了起来,树枝树叶一起长了出来。有条虫子蚕食树叶,吃成了文字,写着:"公孙病已立。"

汉昭帝时,昌邑王刘贺看到一条大白狗戴着方山冠却没有尾巴。到熹平年间,宫内给狗戴帽子、佩戴印绶,并以此为乐。一天,一条狗突然跑来,进入了司空衙门。旁观的人,都十分惊奇。京房所作《易传》说:"国君行为不端,臣下要谋朝篡位,它的怪异征兆是狗戴了帽子奔出朝门。"

汉成帝建始四年九月,长安城南,有鼠衔黄蘽、柏叶,上民冢柏及榆树上为巢。桐柏①为多。巢中无子,皆有干鼠矢数升。时议臣以为恐有水灾。鼠盗窃小虫,夜出昼匿。今正昼去穴而登木,象贱人将居贵显之占。桐柏,卫思后②园所在也。其后赵后③自微贱登至尊,与卫后同类。赵后终无子而为害。明年,有鸢焚巢杀子之象云。京房《易传》曰:"臣私禄罔干,厥妖鼠巢。"

【注释】

①桐柏:地名,位于今河南南阳。
②卫思后:汉武帝的皇后,因巫蛊之祸被废而自杀。
③赵后:赵飞燕,成帝时入宫,后为皇后,平帝时被废而自杀。

【译文】

汉成帝建始四年九月,长安城南边有老鼠衔着稻麦秸秆、柏树叶,爬到百姓坟墓边的柏树和榆树上搭巢,在桐柏树上做了最多的窝。窝中没有小鼠,都只有几升干硬的老鼠屎。当时朝臣们担心会发生水灾。老鼠是喜欢偷盗的小动物,每天晚上出来,白天藏着。现在在大白天离开洞穴而爬到树木上,象征着卑贱的人将位居显赫之职。桐柏是卫思后陵园所在地。这之后,赵皇后从卑贱的地位攀上了最高的地位,和卫皇后一样。她终于因没有儿子而被废自杀。第二年,有老鹰烧掉了窝、杀死了小鹰。京房所作《易传》说:"臣下私设爵位俸禄而妄自占有,它的怪异征兆就是老鼠在树上搭巢。"

成帝河平元年,长安男子石良、刘音相与同居。有如人状在其室中,击之,为狗,走出。去后,有数人披甲持弓弩至良家。良等格击,或死或伤,皆狗也。自二月至六月乃止。其于《洪范》①,皆犬祸,言不从之咎也。

成帝河平元年二月庚子,泰山山桑谷②,有鸢③焚其巢。男子孙通等,闻山中群鸟鸢鹊声,往视之,见巢燃,尽堕池中,有三鸢觳④烧死。树大四围,巢去地五丈五尺。《易》曰:"鸟焚其巢,旅人先笑,后号咷。"后卒成易世之祸云。

成帝鸿嘉四年秋,雨鱼于信都⑤,长五寸以下。至永始元年⑥

春,北海⑦出大鱼,长六丈,高一丈,四枚。哀帝建平三年,东莱平度出大鱼,长八丈,高一丈一尺,七枚。皆死。灵帝熹平二年,东莱海出大鱼二枚,长八九丈,高二丈余。京房《易传》曰:"海数见巨鱼,邪人进,贤人疏。"

成帝永始元年二月,河南⑧街邮樗树⑨生枝如人头,眉目须皆具,亡发耳。至哀帝建平三年十月,汝南西平遂阳乡有材仆地,生枝如人形,身青黄色,面白,头有髭发,稍长大,凡长六寸一分。京房《易传》曰:"王德衰,下人将起,则有木生为人状。"其后有王莽之篡。

成帝绥和二年二月,大厩⑩马生角,在左耳前,围长各二寸。是时王莽为大司马,害上之萌,自此始矣。

成帝绥和二年三月,天水⑪平襄,有燕生雀,哺食至大,俱飞去。京房《易传》曰:"贼臣在国,厥咎燕生雀,诸侯销。"又曰:"生非其类,子不嗣世。"

【注释】

①《洪范》:《尚书》的篇名。

②山桑谷:泰山的山谷名。

③鸢(yuān):指鸱鸮。

④鷇(kòu):需母鸟哺食的雏鸟。

⑤信都:县名,位于今河北冀州。

⑥永始元年:汉成帝刘骜的第五个年号。

⑦北海:秦汉后塞北大泽的泛称。

⑧河南:郡名,位于今河南洛阳市东北。

⑨樗(chū)树:指臭椿。

⑩大厩:天子养马之地。

⑪天水:郡名,位于今甘肃通渭西北。

【译文】

汉成帝河平元年,长安男子石良、刘音合住一个房间。他们看见一个人形怪物在房间里，就打它。那怪物于是变成狗跑出去了。怪物出去以后，便有几个身穿盔甲手拿弓箭的人来到石良家。石良等和他们相斗，他们死的死、伤的伤，都是狗。他们从二月搏斗到六月才结束。按照《洪范》的观点，这些都是狗酿成的灾祸，是不听别人的意见而遭的殃。

汉成帝河平元年二月庚子日，泰山的山桑谷有老鹰烧自己的巢。孙通等人听见山里老鹰、乌鹊等的叫声，便前去查看，只见鸟巢烧完后都掉进了水池中，其中有三只雏鹰被烧死了。有鸟巢的树四围粗，鸟巢离地面五丈五尺。《易经》说："鸟自焚巢，旅人先哈哈大笑，然后又号啕大哭。"后来终于造成了改朝换代的祸患。

汉成帝鸿嘉四年秋天，信都国下起了鱼雨，鱼短于五寸。到永始元年春天，渤海有大鱼游出来，六丈长，一丈高，总共四条。汉哀帝建平三年，东莱郡平度县有大鱼出现，八丈长，一丈一尺高，总共七条。但鱼全死了。汉灵帝熹平二年，东莱郡海中有两条大鱼出现，八九丈长，二丈多高。京房所作《易传》说："海中多次有大鱼出现，奸邪之人被重用，贤达之人被疏远。"

汉成帝永始元年二月，河南郡大道旁驿站里的臭椿树的树枝长得像人头，眉毛、眼睛和胡须都有，只不过没长头发。到汉哀帝建平三年十月，汝南郡西平县遂阳乡一棵树倒在了地上，树枝长得像人形，周身青黄色，面孔雪白，头上有胡须、头发，后来逐渐长大，共六寸一分长。京房所作《易传》说："君王道德衰败，底下的人将会兴起，就有树长成人的模样。"这之后便有王莽犯上篡权。

汉成帝绥和二年二月，大马圈里的马长了角，长在了左耳之前，周长和长度分别是二寸。这时王莽出任大司马，他害皇上的心思，从这个时候就开始了。

汉成帝绥和二年三月，天水郡平襄县有只燕子生出了麻雀，燕子喂养大了它们，于是都飞走了。京房《易传》说："国内的叛乱臣子，倘若凶兆是燕子生麻雀，那么诸侯将被消灭。"又说："生的后代和自己不同类，儿子便不能继承父业。"

汉平帝元始元年二月，朔方广牧女子赵春病死，既棺殓，积七

日,出在棺外。自言见夫死父,曰:"年二十七,汝不当死。"太守谭以闻。说曰:"至阴为阳,下人为上,厥妖人死复生。"其后王莽篡位。

汉平帝元始元年六月,长安有女子生儿,两头两颈,面俱相向,四臂共胸,俱前向,尻上有目,长二寸所。京房《易传》曰:"'睽孤,见豕负涂。'厥妖人生两头。下相攘善①,妖亦同。人若六畜首目在下,兹谓亡上,政将变更。厥妖之作,以谴失正,各象其类。两颈,下不一也;手多,所任邪也;足少,下不胜任,或不任下也。凡下体生于上,不敬也;上体生于下,媟渎②也;生非其类,淫乱也;人生而大,上速成也;生而能言,好虚也。群妖推此类。不改,乃成凶也。"

汉章帝元和元年,代郡高柳乌生子,三足,大如鸡,色赤,头有角,长寸余。

【注释】

①攘善:抢夺他人之功占为己有。
②媟渎(xiè dú):轻慢而放荡。

【译文】

汉平帝元始元年二月,朔方郡广牧县的一个女子赵春病逝了,入了棺材,七天过后,却出现在了棺材外。她自称看见了死去的公公,告诉她:"才二十七岁,你不该死。"朔方太守谭汇报了这件事。解释说:"极盛的阴气变为阳气,卑贱之人位居要位,它的怪异征兆是起死回生。"之后,便发生了王莽篡皇位的事。

汉平帝元始元年六月,长安有个妇人生了个儿子,两个头两个脖子,二脸相对,一个胸膛长出四条手臂,都向前,臀部上有眼睛,长约二寸。京房《易传》说:"'行事乖违而感到孤立,见到猪背上满是泥土。'它的怪异征兆是人长两个头。臣民互相抢夺功绩,它的怪异征兆与此相同。人或六畜的头和眼睛长在身体上,意味着国君要死亡,政权将变动。它的怪异征兆出现,是谴责君王丧失了正道,分别象征君主相应的失误。两个脖子,是臣下不齐心;手多,是所任用的人邪恶;脚少,是臣下不能胜任官职,或君主不任用臣下。凡是身体下面的器官长在上部的,是不恭敬;上面的器官长在下部,是亵狎轻慢;生出异类之物,是淫乱;人生下来就长大,是皇上急于求成;生下来就会说话,是皇上喜好虚言。各种妖兆依此推论。如果君主还不加以改正,就会酿成灾祸。"

汉章帝元和元年,代郡高柳的乌鸦生了只小乌鸦,长着三只脚,鸡一样大,赤红的毛,头上有角,长一寸多。

汉桓帝元嘉中,京都妇女作愁眉、啼妆、堕马髻、折腰步、龋齿笑。愁眉者,细而曲折。啼妆者,薄拭目下若啼处。堕马髻者,作一边。折腰步者,足不在下体。龋齿笑者,若齿痛,乐不欣欣。始自大将军梁冀妻孙寿所为,京都翕然①,诸夏效之。天戒若曰:"兵马将往收捕,妇女忧愁,蹙眉啼哭;吏卒掣顿,折其腰脊,令髻邪倾;虽强语笑,无复气味也。"到延熹二年,冀举宗合诛。

桓帝延熹五年,临沅县②有牛生鸡,两头四足。

【注释】

①翕然:形容言论和行为相一致。
②临沅县:县名,位于今湖南常德县西。

【译文】

汉桓帝元嘉年间,京城的妇女流行愁眉、啼妆、堕马髻、折腰步、龋齿笑。所谓愁眉,就是将眉毛画得细且弯曲。所谓啼妆,就是眼下擦一层薄粉像哭过一样。所谓堕马髻,就是将发髻梳在一侧。所谓折腰步,就是走路时故作双脚不堪承受下身的样子。所谓龋齿笑,就是发笑时像有牙痛一样,虽心里高兴,也不痛快地放声大笑。这些都源于梁冀的妻子孙寿,全京城妇女都模仿她,各个封国也都纷纷效仿。上天的戒令这样说:"军队将去收捕,妇女便忧虑发愁,皱眉啼哭;军队强取豪夺,将折断她们的腰椎,使其发髻倾斜;妇人即使强颜欢笑,也没什么意思了。"到延熹二年,梁冀全族都被诛灭了。

汉桓帝延熹五年,临沅县有头牛产下了一只鸡,那鸡有两个头四只脚。

汉献帝初平中,长沙有人姓桓氏,死,棺敛月余,其母闻棺中有声,发之,遂生。占曰:"至阴为阳,下人为上。"其后曹公①由庶士起。

献帝建安七年,越巂②有男子化为女子。时周群③上言:"哀帝时亦有此变,将有易代之事。"至二十五年,献帝封山阳公。

【注释】
①曹公:即曹操。
②越巂(xī):县名,位于今四川省。
③周群:字仲直,擅长占候之学。

【译文】
汉献帝初平年间,长沙有姓桓的人,死了,入棺一个多月后,他母亲却听到棺材中发出了声音,打开一看,这人竟活了。占卜的结果说:"极盛的阴气变成了阳气,卑贱的人就占据了上位。"后来曹操便从士族起家立业。

汉献帝建安七年,越巂县有个男人变作了女人。当时周群进言说:"哀帝时也有这种事发生,这预示着改朝换代即将发生。"到建安二十五年,汉献帝被封为山阳公。

建安初,荆州①童谣曰:"八九年间始欲衰,至十三年无孑遗。"言自中兴以来,荆州独全;及刘表为牧,民有丰乐;至建安九年当始衰。始衰者,谓刘表妻死,诸将并零落也。十三年无孑遗者,表又当死,因以丧败也。是时华容②有女子,忽啼呼曰:"将有大丧。"言语过差,县以为妖言,系狱。月余,忽于狱中哭曰:"刘荆州今日死。"华容去州数百里,即遣马里验视,而刘表果死。县乃出之。续又歌吟曰:"不意李立为贵人。"后无几,曹公平荆州,以涿郡李立字建贤为荆州刺史。

【注释】
①荆州:东汉州名,位于今湖南汉寿北。

②华容:县名,位于今湖北潜江西南。

【译文】

汉献帝建安初,荆州的童谣说:"建安八九年之间便要开始衰败了,到十三年就没有什么留下的了。"指的是汉代中兴以来,仅能保全荆州;等到刘表担任荆州牧后,百姓还能丰衣喜乐;但到建安九年便要开始衰败了。开始衰败,指刘表的妻子死后,各位将领也都衰亡了。十三年没有什么留下,指刘表也要死去,所以荆州就要衰落了。这时华容县一位女子,突然哭呼道:"将会发生大的丧事。"她的话太过分了,县里以为这是妖言惑众,因而就将她捉拿入狱。一个多月后,她突然在狱中哭诉:"刘荆州今天死了。"华容县和荆州相距几百里,县里就马上派人去验看,刘表果然死了,县里便放了她。她又吟唱道:"真想不到李立成了最贵人物。"后来没过多久,曹操攻陷荆州,便任命李立担任荆州刺史。

建安二十五年正月,魏武①在洛阳起建始殿,伐濯龙树而血出。又掘徒梨,根伤而血出。魏武恶之,遂寝疾,是月崩。是岁为魏文黄初元年。

魏黄初元年,未央宫中,有鹰生燕巢中,口爪俱赤。至青龙②中,明帝为凌霄阁,始构,有鹊巢其上。帝以问高堂隆,对曰:"诗云:'惟鹊有巢,惟鸠居之。'今兴起宫室,而鹊来巢,此宫室未成,身不得居之象也。"

【注释】

①魏武:指曹操。
②青龙:魏明帝曹叡年号。

【译文】

建安二十五年正月,曹操在洛阳建造始殿,砍伐濯龙园里的树木,那树竟流血了。又掘出梨树迁移,梨树的根受伤后也流血了。曹操讨厌这件事,于是便卧病不起,当月就驾崩了。这一年是魏文帝黄初元年。

魏文帝黄初元年,未央宫一只老鹰在燕子巢里出生了,都长了红色的嘴和脚爪。到青龙年间,魏明帝修建凌霄阁,刚开始搭屋架,就有喜鹊在上面做巢。魏明帝就去问高堂隆，高堂隆说："《诗经·召南·鹊巢》说：'惟鹊有巢，惟鸠居之。'如今你修建宫室而喜鹊来做巢，这是象征着房屋还未修好，而你自己已不能住。"

魏齐王嘉平初，白马河①出妖马，夜过官牧边鸣呼，众马皆应。明日，见其迹，大如斛，行数里，还入河。

魏景初元年，有燕生巨鷇于卫国李盖家，形若鹰，吻似燕。高堂隆曰："此魏室之大异，宜防鹰扬之臣于萧墙之内。"其后宣帝②起，诛曹爽，遂有魏室。

【注释】

①白马河：河名，位于今河北饶阳县南。

②宣帝：指司马懿。

【译文】

魏齐王嘉平初年，白马河有匹怪马出现，那马晚上经过官府的马厩旁嘶鸣，众马都应和它。第二天，人们看到它的脚印大如斗斛，绵延几里，又回到河里去了。

魏景初元年，一只燕子在卫国李盖的家中生了只巨大的幼燕，像老鹰，嘴喙却像燕子。高堂隆说："这是魏国十分怪异的事，应在宫内防范大展抱负之臣。"这以后，司马懿发动了政变，弑杀了曹爽，从而掌控了魏王朝。

蜀景耀①五年，宫中大树无故自折。谯周②深忧之，无所与言，乃书柱曰："众而大，期之会；具而授，若何复。"言曹者，众也；魏大也。众而大，天下其当会也。具而授，如何复有立者乎？蜀既亡，咸以周言为验。

【注释】

①景耀：蜀后主刘禅的年号。

②谯周：字允南，三国时人，通经学。

【译文】

　　蜀后主景耀五年，蜀国宫中的大树就自行折断了。谯周为此十分忧虑，但又没什么可以谈论的人，于是他便在柱子上写道："众而大，期之会；具而授，若何复。"这是说曹氏众多，魏国强大，兵多人众而强大，到时候天下人都归附他；曹氏具备条件因而把天下给了他们，怎么能再允许刘家王朝存在呢？蜀汉灭亡后，人们都认为谯周的话应验了。

　　吴孙权太元元年八月朔，大风。江海涌溢，平地水深八尺。拔高陵①树二千株，石碑差动，吴城两门飞落。明年，权死。

　　吴孙亮五凤元年六月②，交阯秔草化为稻。昔三苗③将亡，五谷变种。此草妖也。其后亮废。

【注释】

①高陵：即孙坚墓。
②孙亮：字子明，孙权死后登位，后被废。
③三苗：我国古代部族名。

【译文】

　　吴国孙权太元元年八月初一，刮起大风，江海泛滥而起，平地上积水深八尺，吹倒了孙坚墓地高陵上的两千棵树，陵园里的石碑吹歪了，吴国都城的两扇大门也被吹落。第二年，孙权便死了。

　　吴国孙亮五凤元年六月，交阯郡的秔草变成了稻子。从前三苗部族快灭亡时，五谷就变了种。这些都是草发生的怪事。后来，孙亮便被废除了。

　　吴孙亮五凤二年五月，阳羡①县离里山大石自立。是时，孙皓②承废故之家，得复其位之应也。

　　吴孙休永安四年，安吴③民陈焦，死七日复生，穿冢出。乌程孙皓承废故之家，得位之祥也。

　　孙休后，衣服之制，上长下短。又积领五六，而裳④居一二。盖上饶奢，下俭逼；上有余，下不足之象也。

【注释】

①阳羡:县名,位于今江苏宜兴南。

②孙皓:三国吴国末君王。

③安吴:县名,位于今安徽泾县西南。

④裳:指下身的衣服或裤子。

【译文】

吴国孙亮五凤二年五月,阳羡县离里山的大石自行耸立了起来。这时,孙皓继承了废旧的家业,恢复了他的帝位。

吴国孙休永安四年,安吴县的陈焦,死了七天又活过来了,他打通坟墓后出来了。这是孙皓继承废旧的家业而恢复帝位的祥瑞之兆。

从孙休以后,衣服的规格便是上面长下面短。同时,上衣要穿五六件,下衣只穿一两件。这大概是上面富饶奢侈,下面节俭拮据;上面财富有余,下面财富不足的兆头。

卷七

初,汉元、成之世,先识之士有言曰:"魏年有和,当有开石于西三千余里,系五马,文曰'大讨曹'。"及魏之初兴也,张掖①之柳谷有开石焉。始见于建安,形成于黄初,文备于太和。周围七寻②,中高一仞,苍质素章,龙马③、麟鹿④、凤皇⑤、仙人之象,粲然咸著。此一事者,魏、晋代兴之符也。至晋泰始三年⑥,张掖太守焦胜上言:"以留郡本国图校今石文,文字多少不同。谨具图上。"案其文有五马象;其一,有人平上帻,执戟而乘之;其一,有若马形而不成。其字有"金",有"中",有"大司马",有"王",有"大吉",有"正",有"开寿";其一成行,曰"金当取之"。

【注释】

①张掖:郡名,位于今甘肃永昌以西、高台以东。
②寻:长度单位,八尺为一寻。
③龙马:一种龙首马身的神马。
④麟鹿:指麒麟。
⑤凤皇:凤凰。
⑥晋泰始三年:即267年。

【译文】

起初,在汉元帝、汉成帝时代,有先见之明的人曾说过:"魏朝的年号有太和时,在西边三千多里之处会有裂开的石头,上面有五匹马的纹路,还有文字'大讨曹'。"到魏国刚兴建时,张掖郡的柳谷出现了裂开的石头。这石头最早出现在建安年间,形成于黄初年间,在太和年间花纹文字就都完备了。石头的周长有七寻,中间高一仞,质地为青色,花纹为白色,上面都清楚地附着龙马、麒麟、凤凰和仙人的图像。这件事,是魏晋朝代兴的符命。到晋朝泰始三年,张掖郡太守焦胜进言说:"用留在郡府的图谶校对如今石头上的花纹,文字的多少不同。现在我把它绘成图呈上。"考察那花纹,可以看到五匹马的图像:其中一匹,有个人戴着平的包头布巾,手握着戟骑着马;其中一匹,有点像马,但又不完全像。那图上的字有"金""中""大司马""王""大吉""正"和"开寿";其中一些字排成一行,是"金当取之"。

晋武帝泰始初,衣服上俭下丰,着衣者皆厌腰①。此君衰弱、臣放纵之象也。至元康②末,妇人出两裆,加乎交领之上,此内出外也。为车乘者,苟贵轻细,又数变易其形,皆以白篾为纯,盖古丧车之遗象。晋之祸征也。

胡床③、貊槃④,翟⑤之器也;羌煮、貊炙,翟之食也。自晋武帝泰始以来,中国尚之。贵人富室,必畜其器。吉享嘉宾,皆以为先。戎⑥翟侵中国之前兆也。

【注释】

①厌腰:即束腰。

②元康:晋惠帝年号。

③胡床:又称交床。

④貊槃(mò pán):北方少数民族的一种盛水盘子。

⑤翟(dí):泛指北方各族。

⑥戎:西戎,主要指广大西域地区。

【译文】

晋武帝泰始初年,衣服上身短小,下身长大,穿上衣的人都把上衣束在腰里。这象征着君主衰弱、臣下放纵。到元康末年,女人将背心穿在外面,附着在有领的衣服上,这是内装穿到了外装上。造车子的,草率地崇尚轻便细巧,又多次改变它的外形,都用白色的薄片来镶边,这大概是古代灵车留下来的形状,象征着晋朝将要遭受灾难。

胡床和貊槃是北狄的器具;羌煮和貊炙是北狄的食物。晋武帝泰始年以后,中原地区就流行这些东西。贵族之家,必定会备置这些器具。宴请宾客,都把这些食物先端出来。这是西戎、北狄侵犯中原的先兆。

初作屐者,妇人圆头,男子方头。盖作意欲别男女也。至太康中,妇人皆方头屐,与男无异。此贾后①专妒之征也。

晋时,妇人结发者,既成,以缯急束其环,名曰"撷子髻"。始自宫中,天下翕然化之也。其末年,遂有怀、惠之事②。

【注释】
①贾后:贾南风,西晋惠帝的皇后。
②怀、惠之事:指晋怀帝、晋愍帝先后被刘曜俘获并杀害。

【译文】
最初,做木屐时,女子的做成了圆头,而男人的做成了方头。这大概是想区分开男、女。到太康年间,妇女的也做成了方头的木屐,和男人的没有差别。这象征了贾后的专制嫉妒。

晋朝时,妇女梳头发的,梳成后,又用丝绸扎住发环,人们称其为"撷子髻"。这种发髻最开始在皇宫中出现,后来全国都纷纷效仿。到晋朝末年,就发生了怀帝、愍帝被杀之事。

太康中,天下为《晋世宁》之舞。其舞,抑手以执杯盘而反复之。歌曰:"晋世宁,舞杯盘。"反复,至危也。杯盘,酒器也。而名曰"晋世宁"者,言时人苟目饮食之间,而其智不可及远,如器在手也。

太康中,天下以毡为絈头及络带、袴口。于是百姓咸相戏曰:"中国其必为胡①所破也。"夫毡,胡之所产者也,而天下以为絈头、带身、袴口,胡既三制之矣,能无败乎!

【注释】
①胡:泛指古代北方和西方的少数民族。
【译文】
太康年间,全国都跳《晋世宁》。跳舞时,反手拿着杯盘颠来倒去,并唱道："晋代安宁,舞杯弄盘。"颠来倒去是极危险的。杯盘是饮酒器具。这种舞称为"晋世宁",是说那时人只贪图吃喝,而他们的智谋考虑不到远大的事情,就像酒器握在手中一样。

太康年间,全国都用毛毡做头巾、腰带和裤脚口。于是老百姓都谐谑说:"中原一定会被胡人攻陷。"毛毡出产于北胡,而全国用它做头巾、腰带和裤脚口,那么胡人已经控制了中原的三个地方,能不失败吗!

太康末,京洛为《折杨柳》之歌,其曲始有兵革苦辛之辞,终以擒获斩截之事。自后杨骏①被诛,太后幽死,《杨柳》之应也。

晋武帝太熙元年,辽东有马生角,在两耳下,长三寸。及帝晏驾②,王室毒于兵祸。

【注释】
①杨骏:字文长,晋代弘农华阴人。
②晏驾:帝王驾崩的讳语。

【译文】
太康末年,洛阳演唱歌曲《折杨柳》,这曲子开头谱有战乱痛苦的词句,以捉拿斩杀的事情结尾。到后来,杨骏被杀,杨太后也被囚禁而死去,这是《折杨柳》应验了啊。

晋武帝太熙元年,辽东郡有马生出了角,在两只耳朵下,三寸长。到晋武帝驾崩,朝廷便发生了兵乱。

晋惠帝元康中,妇人之饰有五佩兵。又以金、银、象角、玳瑁①之属,为斧、钺、戈、戟而载之,以当笄。男女之别,国之大节,故服食异等。今妇人而以兵器为饰,盖妖之甚者也。于是遂有贾后之事。

【注释】
①玳瑁(dài mào):又称十三鳞,一种龟鳖目海龟科,生活在海洋中,以鱼、软体动物和海藻为食。

【译文】

晋惠帝元康年间,有的妇女饰品仿照五种兵器的形状而制作。又用金、银、象牙、兽角、玳瑁等,做成斧、钺、戈、戟而佩带,将它当作簪子。男女的分别是国家的重大礼节,因此男女吃穿都不相同。如今妇女以兵器为饰品,是极为反常的事。所以便有贾后荒淫暴虐的事发生。

惠帝太安元年,丹阳湖熟县夏架湖,有大石浮二百步而登岸。百姓惊叹,相告曰:"石来!"寻而石冰①入建邺。

太安元年四月,有人自云龙门入殿前,北面再拜曰:"我当作中书监②。"即收斩之。禁庭尊秘之处,今贱人竟入,而门卫不觉者,宫室将虚,下人逾上之妖也。是后帝迁长安,宫阙遂空焉。

【注释】

①石冰:西晋时张昌起义军将领。
②中书监:中书省长官,魏晋时置,与中书令职务相等而位次略高。

【译文】

晋惠帝太安元年,丹阳郡湖熟县夏架湖那里有一块大石头,漂流了两百步又登上了岸边。百姓十分惊讶,相互传言:"石头来了!"不久,石冰就攻进了建邺。

太安元年四月,一个人从云龙门进宫一直走到大殿前,朝北方拜了两次说:"我应该担任中书监。"朝廷马上就逮住他并杀了。宫廷是森严秘密之地,如今卑贱之人竟私闯进去而门卫没有发觉,这是皇宫要空虚、卑贱之人要超越皇上的妖兆。后来晋惠帝迁到了长安,皇宫果然空了。

太安中,江夏功曹①张骋所乘牛忽言曰:"天下方乱,吾甚极②为。乘我何之?"骋及从者数人皆惊怖,因绐③之曰:"令汝还,勿复言。"乃中道还。至家,未释驾,又言曰:"归何早也?"骋益忧惧,秘而不言。安陆县有善卜者,骋从之卜。卜者曰:"大凶。非一家之祸,天下将有兵起,一郡之内,皆破亡乎!"骋还家,牛又人立而行。百姓聚观。其秋张昌④贼起。先略江夏,诳曜百姓以汉祚复兴,有凤凰之瑞,圣人当世。从军者皆绛抹头,以彰火德之祥。百姓波荡,从乱如归。骋兄弟并为将军都尉。未几而败。于是一郡破残,死伤过半,而骋家族矣。京房《易妖》曰:"牛能言,如其言,占吉凶。"

【注释】

①江夏:郡名,位于今湖北云梦。功曹:官名,为郡守、县令的主要佐吏。

②极:疲惫。

③绐:欺骗。

④张昌:西晋时农民起义军首领。

【译文】

太安年间,江夏郡功曹张骋拉车的牛突然说:"天下将会大乱,我很疲困了。你让我拉到哪里去?"张骋和他的随从都十分惊恐,就欺骗它说:"回去,别再说了。"于是就半路返回。到了家里后,还没卸下车驾,牛又说:"为什么如此早就回家?"张骋更恐惧了,于是沉默。安陆县有个人擅长占卜,张骋去请他占卜。那人说:"十分不吉利。这不只是一家的灾难,而是国家发生战乱,全郡都要被毁啊!"张骋回到家中,牛又像人那样站着走路,百姓都来观看。那年秋天,张昌起兵造反,先占领了江夏郡,迷惑老百姓,说由于汉朝国统又要兴盛了,因而有凤凰来的吉兆,圣人将会当道。参军的人都戴着红头巾,以显示火德的祥瑞之兆。百姓动荡,纷纷跟着他造反,张骋两兄弟都担任将军都尉。不久便失败了。于是全郡都毁灭了,死伤之人超过一半,而张骋家被灭族了。京房《易妖》说:"牛能说话,事情就像它说的一样,可以预测吉凶。"

晋惠帝永兴元年,成都王①之攻长沙也,反军于邺,内外陈兵。是夜,戟锋皆有火光,遥望如悬烛,就视则亡焉。其后终以败亡。

晋怀帝永嘉元年②,吴郡吴县万详婢生一子,鸟头,两足马蹄,一手无毛,尾黄色,大如碗。

【注释】

①成都王:指晋武帝第十六子司马颖。
②晋怀帝:指西晋第三任皇帝司马炽,其年号为永嘉。

【译文】

晋惠帝永兴元年,成都王司马颖攻打长沙,又回师邺城,在城内城外驻扎军队。这天晚上,兵刃上都火光粼粼,远看似挂着的蜡烛,近看便消失了。后来他终于战败被杀。

晋怀帝永嘉元年,吴郡吴县万详的婢女生了个小孩,长着鸟的头,两只马蹄一样的脚,一只无汗毛的手,黄色尾巴,碗口那样大。

永嘉五年,抱罕①令严根婢产一龙、一女、一鹅。京房《易传》曰:"人生他物,非人所见者,皆为天下大兵。"时帝承惠帝之后,四海沸腾,寻而陷于平阳②,为逆胡所害。

永嘉五年,吴郡嘉兴③张林家,有狗忽作人言曰:"天下人俱饿死。"于是果有二胡之乱,天下饥荒焉。

【注释】

①抱罕:县名,位于今甘肃临夏东北。
②平阳:县名,位于今山西临汾。
③嘉兴:县名,位于今浙江嘉兴南。

【译文】

永嘉五年,抱罕县令严根的婢女产下了一条龙、一个小女孩和一只鹅。京房《易传》说:"人生下其他东西,是人所未见的,都是天下要发生大战的征兆。"当时晋怀帝继承惠帝皇位后,天下沸腾,不久他便在平阳陷落,被叛徒杀害了。

永嘉五年,吴郡嘉兴县的张林家,有一条狗突然说了人话:"天下的人都将饿死。"于是果然发生"二胡"的兵乱,国内发生了饥荒。

永嘉五年十一月,有蝘鼠①出延陵②。郭璞筮之,遇"临"之"益"。曰:"此郡之东县,当有妖人欲称制者,寻亦自死矣。"

永嘉六年正月,无锡县欻有四枝茱萸③树,相樛而生,状若连理。先是,郭璞筮延陵蝘鼠,遇"临"之"益",曰:"后当复有妖树生,若瑞而非,辛螫④之木也。傥有此,东西数百里,必有作逆者。"及此生木。其后吴兴徐馥作乱,杀太守袁琇。

【注释】

①蝘(yǎn)鼠:即壁虎,一种爬行动物。

②延陵:县名,位于今江苏丹阳西南。

③茱萸:一种植物,古代民间常用作防疫药。

④辛螫:指辛辣而有毒。

【译文】

永嘉五年十一月,延陵县出现了蝘鼠。郭璞为此占了一卦,结果是"临"卦变成了"益"卦。他便说:"这郡的东县城,会有想称帝的妖人出现,不久便会自行灭亡。"

永嘉六年正月,无锡县有四棵茱萸树突然相互缠绕生长,形状好像连理枝。而这之前,郭璞曾对延陵县的蝘鼠占卜,结果是"临"卦变成了"益"卦,便说:"以后还会长出怪树,似乎是祥瑞之兆实际上却不是,而是辛辣有毒的树。倘若出现这种树,在它东西几百里内就一定会有叛逆的人出现。"等到长出了这种树,以后便有了吴兴郡功曹徐馥起兵作乱,杀害了太守袁绣。

永嘉中,寿春城内有豕①生人,两头,而不活。周馥②取而观之。识者云:"豕,北方畜,胡狄象。两头者,无上也。生而死,不遂也。天戒若曰:'易生专利之谋,将自致倾覆也。'"俄为元帝所败。

永嘉中,士大夫竞服生笺单衣。识者怪之,曰:"此古练襄③之布,诸侯所以服天子也。今无故服之,殆有应乎?"其后怀、愍晏驾。

【注释】

①寿春:县名,位于今安徽寿县。

②周馥：晋惠帝时平东将军。

③练缞(xiāng)：一种丧服，质地细疏。

【译文】

永嘉年间，寿春城中有头猪生了个两头人，但没活下来。周馥曾拿来查看。有识之人说："猪是北方的牲口，象征着胡狄。两个头象征着失去皇上。生下来便死了，象征着失败。上天警告说：'容易想出利己的计谋，将导致自取灭亡。'"不久，周馥便被晋元帝的军队打败了。

永嘉年间，士大夫都竟相穿生丝细布单衣。有识之士感到很奇怪，说："这是古代丧服布，是诸侯为天子服丧时穿的。现在无缘无故却穿它，恐怕会发生什么吧？"后来怀帝、愍帝便死了。

晋元帝建武元年六月，扬州大旱；十二月，河东地震。去年十二月，斩督运令史①淳于伯，血逆流，上柱二丈三尺，旋复下流四尺五寸。是时淳于伯冤死，遂频旱三年。刑罚妄加，群阴不附，则阳气胜之。罚又冤气之应也。

【注释】

①督运令史：丞相属官，主要职责是监督漕运，掌管文书。

【译文】

晋元帝建武元年六月，扬州大旱；十二月，河东郡发生地震。去年十二月，督运令史淳于伯被斩杀，他的血倒流，喷到了二丈三尺的柱上，随即又向下流了四尺五寸。这时淳于伯含冤而死，因而便连旱三年。滥用刑罚，各种阴气便不能归附，阳气于是超过了它。这惩罚也就是那冤气的报应。

晋元帝建武元年七月，晋陵①东门有牛生犊，一体两头。京房《易传》曰："牛生子，二首一身，天下将分之象也。"

元帝太兴元年四月，西平②地震，涌水出。十二月，庐陵、豫章、武昌、西陵地震，涌水出，山崩。此王敦③陵上之应也。

【注释】

①晋陵:县名,位于今江苏常州市。

②西平:县名,位于今湖北宜昌。

③王敦:东晋大臣。

【译文】

晋元帝建武元年七月,晋陵城的东门上,有头牛产下了一头小牛犊,长着一个身体两个头。京房《易传》说:"牛生小牛,两头一身体,象征着天下将分裂。"

元帝太兴元年四月,西平郡发生地震,水上冒而出。十二月,庐陵郡、豫章郡、武昌郡和西陵等地也纷纷发生地震,水上涌而出,山崩塌。这是王敦凌驾于皇帝之上的应验。

旧为羽扇柄者,刻木象其骨形,列羽用十,取全数也。初,王敦南征,始改为长柄,下出,可捉。而减其羽,用八。识者尤之曰:"夫羽扇,翼之名也。创为长柄,将执其柄以制其羽翼也。改十为八,将未备夺已备也。此殆敦之擅权,以制朝廷之柄,又将以无德之材,欲窃非据①也。"

晋明帝太宁初②,武昌有大蛇,常居故神祠空树中。每出头从人受食。京房《易传》曰:"蛇见于邑,不出三年,有大兵,国有大忧。"寻有王敦之逆。

【注释】

①非据:非分占据的职位。

②晋明帝:司马绍。太宁:晋明帝年号。

【译文】

过去制作羽扇的柄,雕刻木头为扇子的骨架,排列的羽毛用十根,这是取"十"完备的意思。当初,王敦南征时,开始将扇柄改为长柄,下面伸出以便握住,并且减少了羽毛,只用八根。有识之士非议说:"羽毛扇是鸟翼的名称。王敦制作成长柄,是要拿着扇柄来控制羽翼;把十根改成八根,是让未齐备的取代已经齐备的。这大概是预示王敦独揽大权,来控制朝廷的权力；又想凭借他那无德行的才能，窃取他非分占据的地位。"

晋明帝太宁初年，武昌出现了一条大蛇，曾在旧神庙的树洞中栖居，经常探出头接受祭祀人的食物。京房《易传》说："蛇出现在城中，不出三年，便会发生大的战乱，国家会出现大忧患。"不久就发生了王敦作乱。

卷八

虞舜耕于历山①,得玉历②于河际之岩。舜知天命在己,体道不倦。舜龙颜大口,手握褒。宋均③注曰:"握褒,手中有'褒'字,喻从劳苦,受褒饬,致大祚也。"

汤④既克夏,大旱七年。洛川竭。汤乃以身祷于桑林,剪其爪、发,自以为牺牲⑤,祈福于上帝。于是大雨即至,洽于四海。

【注释】
①历山:按照《史记·五帝本纪》,历山位于今山西永济。
②玉历:记录朝代更换日期的牌记符谶。
③宋均:魏博士,郑玄弟子。
④汤:商王朝首领。
⑤牺牲:古代祭祀所用家畜。

【译文】
舜在历山耕作时,在黄河边的岩石上捡到了一块玉历。舜知晓天神的意旨是把天下交付给自己,因而孜孜不倦地努力行道。舜眉骨突起,嘴巴宽大,手中握着褒。宋均注释说:"握褒,就是手掌中有'褒'字,表明他出身劳苦,受到褒扬嘉奖后会得到大福。"

汤打败夏桀后,天下大旱七年,洛水都枯竭了。汤便去桑林用自己的身体祭祀上天,他剪掉自己的指甲和头发,把自己当作祭品,向上帝祈福。于是大雨立刻降临,全国都受到滋润。

吕望钓于渭阳①,文王出游猎。占曰:"今日猎得一兽,非龙非螭②,非熊非罴③。合得帝王师。"果得太公于渭之阳。与语,大悦,同车载而还。

武王伐纣,至河上④。雨甚,疾雷,晦冥,扬波于河。众甚惧,武王曰:"余在,天下谁敢干余者!"风波立济。

【注释】

①吕望:即吕尚,姜子牙。渭阳:渭河之北。

②螭(chī):传说中的一种蛟龙类动物。

③罴(pí):一种熊。

④河上:黄河边。

【译文】

吕尚在渭河之北钓鱼。周文王去打猎,占卜说:"今天将猎获一只兽,不是龙不是螭,不是熊不是罴,而应得到一个帝王的老师。"果然,文王在渭河北岸找到了吕尚。和他交谈后,文王十分高兴,就让他一同乘车回去了。

周武王讨伐商纣王,到达黄河边。雨势很大,雷声轰鸣,天昏地暗,黄河波浪滔滔。大家都十分害怕,周武王说:"我在,有谁敢来冒犯我!"风波立刻就平息了。

宋①大夫邢史子臣②明于天道。周敬王之三十七年,景公③问曰:"天道其何祥?"对曰:"后五十年,五月丁亥,臣将死。死后五年,五月丁卯,吴将亡。亡后五年,君将终。终后四百年,邾④王天下。"俄而皆如其言。所云"邾王天下"者,谓魏之兴也。邾,曹姓;魏亦曹姓,皆邾之后。其年数则错,未知邢史失其数耶?将年代久远,注记者传而有谬也?

【注释】

①宋:春秋战国时国名。

②邢史子臣:人名。

③景公:宋景公,春秋时国君。

④邾(zhū):春秋时国名。

【译文】

宋国大夫邢史子臣熟悉天象。周敬王三十七年,宋景公问他:"天象可有什么吉凶的征兆?"邢史子臣回答道:"五十年后,五月丁亥日,我会死去。我死后五年的五月丁卯日,吴国就会灭亡。吴国灭亡后五年,你将寿终正寝。你驾崩后四百年,郱氏将统一天下。"后来发生的事情和他说的一样。他所说的"郱氏将统一天下",指的是曹魏的兴起。郱氏,姓曹;魏王也姓曹,都是郱国曹氏的后代。但他说的年数却有误,不知是邢史子臣算错了数字呢,还是年代久远,记录的人传播时造成了错误?

吴以草创之国,信不坚固,边屯守将,皆质其妻子,名曰"保质①"。童子少年,以类相与娱游者,日有十数。孙休永安三年三月,有一异儿,长四尺余,年可六七岁,衣青衣,忽来从群儿戏。诸儿莫之识也,皆问曰:"尔谁家小儿,今日忽来?"答曰:"见尔群戏乐,故来耳。"详而视之,眼有光芒,爚爚外射。诸儿畏之,重问其故,儿乃答曰:"尔恐我乎?我非人也,乃荧惑星②也。将有以告尔:三公归于司马。"诸儿大惊,或走告大人。大人驰往观之。儿曰:"舍尔去乎!"耸身而跃,即以化矣。仰而视之,若曳一匹练以登天。大人来者,犹及见焉。飘飘渐高,有顷而没。时吴政峻急,莫敢宣也。后四年而蜀亡,六年而魏废,二十一年而吴平,是归于司马也。

都水③马武举戴洋为都水令史。洋请急④还乡,将赴洛,梦神人谓之曰:"洛中当败,人尽南渡。后五年,扬州必有天子⑤。"洋信之,遂不去。既而皆如其梦。

【注释】

①保质:戍边将领将妻儿留于都城做人质担保。
②荧惑星:火星的别名。
③都水:官名,主要掌管舟航及运部。
④请急:指请假。
⑤天子:即晋元帝司马睿。

【译文】

　　吴国因为是刚建不久的国家,信用还不牢靠,因而戍边的将领,都将自己的妻子儿女留在京城作为人质,叫作"担保人质"。这样的少年儿童因为同类而一起玩耍的,每天都有十几个。孙休永安三年三月,一个奇异的小孩,四尺多长,六七岁,身穿青色衣服,突然过来和孩子们一起玩耍。孩子们都不认识他,就问:"你是谁家的孩子,今天突然来这儿玩?"他回答道:"看见你们一起玩得很开心,我就来了。"仔细地看他,他眼睛有光芒,闪闪发光。小孩都怕他,于是又问他的来历,那孩子回答说:"你们怕我吗?我不是人,是火星。我告诉你们一件事,刘、曹、孙三公都将归属于司马。"孩子们十分惊讶,有的跑去告诉大人。大人便赶过来看他。那小孩说:"离开你们走啦!"就纵身一跳,便消失了。抬头一看,就像拖着一匹白绢升上了天。赶过来的大人,还赶得上看他。只见他飘飘荡荡逐渐升高,一会儿就消失了。当时吴国政局紧张,因而无人敢宣扬这事。四年后,蜀国灭亡了,六年后,魏国被废黜了,又过了二十一年,吴国被夷平了。这就是三公归属于司马。

　　主管河渠灌溉的都水马武举荐戴洋担任都水令史。戴洋请假回乡,将要去洛阳,突然梦到一个仙人告诉他:"洛阳会陷落,人全都渡江南下了。五年过后,扬州必定会出天子。"戴洋相信了这梦,就没去洛阳。不久,事情都像他梦中的一样。

卷九

后汉中兴初,汝南有应妪者,生四子而寡。见神光照社。妪见光,以问卜人。卜人曰:"此天祥也。子孙其兴乎?"乃探得黄金。自是子孙宦学,并有才名。至场①,七世通显。

车骑将军②巴郡冯绲,字鸿卿,初为议郎,发绶笥,有二赤蛇,可长二尺,分南北走。大用忧怖。许季山孙宪,字宁方,得其先人秘要。绲请使卜。云:"此吉祥也。君后三岁,当为边将,东北四五千里,官以东为名。"后五年,从大将军南征。居无何,拜尚书郎、辽东太守、南征将军。

【注释】

①场:即应场,东汉末文学家,"建安七子"之一。
②车骑将军:将军名号。

【译文】

东汉中兴初年,汝南郡一个应姓妇女,生下了四个孩子后便做了寡妇。一天,她看到一道神光照入土地庙。她见了这光,便去问占卜人。占卜人说:"这是上天降临的祥瑞之兆。你的子孙大概要兴旺发达了吧!"于是她便掏到了黄金。此后,她的子孙为官治学,才华声名都很大。一直到应场,前后七代人,都官位显赫。

车骑将军巴郡人氏冯绲,字鸿卿。他开始担任议郎时,打开藏官印的箱子,发现里面有两条赤练蛇,长约二尺,分别游向了南方北方。他非常害怕。许季山的孙子许宪,字宁方,有他先祖的秘诀。冯绲请他占卜。他说:"这是吉兆。三年后,你会当上边关守将,在东北方四五千里,你的官名有东字。"五年过后,冯绲随大将军南征。过了不久,他就担任了尚书郎、辽东太守、南征将军。

常山张颢为梁州牧。天新雨后,有鸟如山鹊,飞翔入市,忽然坠地,人争取之,化为圆石。颢椎破之,得一金印,文曰"忠孝侯印"。颢以上闻,藏之秘府①。后议郎汝南樊衡夷上言:"尧舜时旧有此官,今天降印,宜可复置。"颢后官至太尉。

【注释】
①秘府:古代皇宫中储藏秘籍之处。

【译文】
常山郡人氏张颢当上了梁国的相。一天,刚下过雨,一只像山鹊的鸟飞进了街市,突然坠到了地上,人们都竞相去拾掇它,它却变成了圆石头。张颢用锤子敲破了它,获得了一枚金印,印文是"忠孝侯印"。张颢将此事向上禀报,金印便被收藏在了秘府中。后来议郎汝南郡人氏樊衡夷进言说:"尧舜时代曾设置过这一官职,现在上天降下这枚金印,应该重新设置。"张颢后来官拜太尉。

京兆长安,有张氏,独处一室,有鸠自外入,止于床。张氏祝曰:"鸠来,为我祸也,飞上承尘①;为我福也,即入我怀。"鸠飞入怀。以手探之,则不知鸠之所在,而得一金钩。遂宝之。自是子孙渐富,资财万倍。蜀贾至长安,闻之,乃厚赂婢。婢窃钩与贾。张氏既失钩,渐渐衰耗。而蜀贾亦数罹穷厄,不为己利。或告之曰:"天命也,不可力求。"于是赍钩以反张氏,张氏复昌。故关西②称张氏传钩云。

【注释】
①承尘:即天花板。
②关西:指函谷关和潼关以西一带的地区。

【译文】
京兆长安县有一个张姓人氏,他独自住在一间房里,一只鸠从外面飞了进来,停在床上。张氏祈祷说:"鸠飞过来!倘若带给我灾祸,就飞上天花板;倘若带给我幸福,就飞入我怀。"鸠就飞入他怀中。他用手抚摸那鸠,却不知它飞去了哪里,却摸到了一只金钩,于是他便视它如宝贝。此后,张氏的子孙逐渐富裕,资产增加了万倍。蜀国一位商人来到长安城,听说这事后,就用很多钱财贿赂张家婢女,婢女便偷了金钩给这商人。张家丢失金钩后,家业逐渐衰败。而蜀国的商人也多次遭受穷困潦倒,并未带给自己什么好处。有人告诉他:"这是天意,不可以人力强求的。"于是他就把金钩送还给了张家,张家便又重新兴旺起来了。因此,函谷关以西流传着"张氏传金钩"的故事。

汉征和三年三月,天大雨。何比干①在家,日中,梦贵客车骑满门。觉以语妻。语未已,而门有老妪,可八十余,头白,求寄避雨。雨甚,而衣不沾渍。雨止,送至门,乃谓比干曰:"公有阴德,今天锡君策,以广公之子孙。"因出怀中符策,状如简,长九寸,凡九百九十枚,以授比干,曰:"子孙佩印绶者,当如此算。"

【注释】

①何比干:汉武帝时拜为廷尉正。

【译文】

汉武帝征和三年三月,天下大雨。何比干在家中,中午时他梦到贵宾的车马挤满了家门。醒来后他告诉了妻子这个梦,话还未说完,门口便出现了一位老婆婆,八十多岁,头发花白,来他家请求躲雨。雨势很大,但她身上的衣服却一点也没淋湿。雨停后,何比干把她送到门口,她就告诉何比干:"你私下给人好处,因此今天我要送你一些符策,使你的子孙前途光明。"说完她就拿出怀里的符策,形如竹简,九寸长,共有九百九十枚,交给何比干后,并告诉他:"你子孙佩带官印的,会像符策写的一样。"

贾谊①为长沙王太傅,四月庚子日,有鵩鸟飞入其舍,止于坐隅,良久乃去。谊发书占之,曰:"野鸟入室,主人将去。"谊忌之,故作《鵩鸟赋》②,齐死生而等祸福,以致命定志焉。

王莽居摄,东郡太守翟义知其将篡汉,谋举义兵。兄宣教授③,

诸生满堂。群鹅雁数十在中庭,有狗从外入,啮之,皆死。惊救之,皆断头。狗走出门,求不知处。宣大恶之。数日,莽夷其三族④。

【注释】

①贾谊:西汉时政论家、文学家。
②《鹏鸟赋》:贾谊所作汉赋篇名。
③教授:传授学业的人。
④三族:指父族、母族和妻族。

【译文】

贾谊担任长沙王太傅时,有一年四月庚子日,一只鹏鸟飞进他的屋里,停在座位边,过了很久才飞走。贾谊翻开书预测吉凶,书上说:"野鸟飞入屋内,主人即将死去。"贾谊很忌讳,于是创作了《鹏鸟赋》,同等地看待死和生、祸与福,并以此来安排自己的生命,确定自己的志向。

王莽摄理朝政,东郡太守翟义获悉他将谋朝篡位,便谋划发动军队讨伐他。他的兄长翟宣是传授学业的老师,门生坐满了课堂。有一群鹅和几十只雁在院子中,突然一条狗从门外闯了进来,咬死了它们。翟宣慌忙去搭救,但它们的头都被咬断了。狗逃出了门,翟宣就去搜寻,也不知道它去了哪里,翟宣很讨厌这事。几天过后,王莽灭了他的三族。

贾充①伐吴时,常屯项城,军中忽失充所在。充帐下都督周勤,时昼寝,梦见百余人录充,引入一径。勤惊觉,闻失充,乃出寻索,忽睹所梦之道,遂往求之。果见充行至一府舍,侍卫甚盛,府公南面坐,声色甚厉,谓充曰:"将乱吾家事者,必尔与荀勖②。既惑吾子,又乱吾孙。间使任恺③黜汝而不去,又使庾纯詈汝而不改。今吴寇当平,汝方表斩张华。汝之暗戆,皆此类也。若不悛慎,当旦夕加诛。"充因叩头流血。府公曰:"汝所以延日月而名器若此者,是卫府之勋耳。终当使系嗣死于钟虡之间,大子毙于金酒之中,小子困于枯木之下。荀勖亦宜同。然其先德小浓,故在汝后。数世之外,国嗣亦替。"言毕命去。充忽然得还营,颜色憔悴,性理昏错,经日乃复。至后,谧死于钟下,贾后服金酒而死,贾午考竟,用大杖终。皆如所言。

【注释】

①贾充:西晋大臣,平阳襄陵人。
②荀勖(xù):西晋大臣,官至尚书令。
③任恺:西晋大臣,担任侍中。

【译文】

贾充讨伐吴国时,曾在项城驻扎。一天,贾充突然从军营中消失了。贾充的部下都督周勤,当时在午睡,梦到一百多个人捉拿了贾充,将他带入了一条小路。周勤惊醒后,听说贾充消失了,就去寻找,突然看到了梦中所见的那条小路,就顺着路去寻找,果然找到了贾充。周勤走进了一所府第,只见那侍卫很多,府第的主人坐北朝南,声音和脸色都很严厉。他告诉对贾充:"将来扰乱我家事的人,肯定是你和荀勖,既迷惑了我儿子,又搅乱了我孙子。我暗中让任恺贬斥你而你不离开,又让庾纯责骂你而你不悔改。现在吴国敌寇就要被平定了,你却要上奏杀张华。你的昏乱糊涂,都是这一类的。如果你还不思悔改,不谨慎,我就立即杀了你。"贾充不停地磕头直到流出血来。府第主人说:"你能苟延生命并且享有这样的名望地位,只是因为你护卫府第有功罢了。但最终还是会让你的后继者在钟架之间死去,让你的大孩子在金酒之中死去,让你的小孩子在枯木下死去。荀勖也应获得同样的下场,但他祖先的德行稍稍深厚些,因此惩罚在你之后。几代过后,他封地的继承人也要被罢黜。"府第主人说完便让贾充回去。贾充突然回到军营中,脸色憔悴,精神错乱,几天过后才恢复正常。到后来,贾谧在钟下死去,贾后服用金酒而死,贾午受到拷打,被大棒打死在狱中。这些事都和府第主人说的一样。

东阳刘宠,字道和,居于湖熟。每夜,门庭自有血数升,不知所从来。如此三四。后宠为折冲将军,见遣北征。将行,而炊饭尽变为虫。其家人蒸粆,亦变为虫。其火愈猛,其虫愈壮。宠遂北征。军败于坛丘,为徐龛①所杀。

【注释】

①徐龛:晋代太山太守。

【译文】

东阳郡人刘宠,字道和,居住在湖熟县。每天晚上,他家门口都会出现几升血,不知道来自何方。这种情况发生了三四次。后来,刘宠担任折冲将军,被派遣去北方打仗。刚要出发时,做的饭都变成了虫。家人蒸的干粮,也都变成了虫。烧的火愈猛,那虫便愈壮实。刘宠便去了北方打仗,结果在坛丘打了败仗,被徐龛杀害了。

卷十

汉和熹邓皇后,尝梦登梯以扪天,体荡荡正清滑,有若钟乳状,乃仰嗡饮之。以讯诸占梦,言:"尧梦攀天而上,汤梦及天舐之,斯皆圣王之前占也。吉不可言。"

【译文】
东汉和帝邓皇后,曾梦到自己攀爬梯子去触摸天穹,天体平坦宽广而清凉滑爽,形状就像石钟乳,于是仰头吮吸。她向占梦的人询问,占梦的人说:"尧曾梦见自己攀登天梯而上,汤曾经梦见自己舔天,这都是成为圣王的吉兆。你的梦吉利得无法形容。"

孙坚夫人吴氏,孕而梦月入怀,已而生策。及权在孕,又梦日入怀。以告坚曰:"妾昔怀策,梦月入怀;今又梦日,何也?"坚曰:"日月者,阴阳之精,极贵之象。吾子孙其兴乎?"

【译文】
孙坚的夫人吴氏,怀孕后梦到月亮进入她怀中,后来便生下了孙策;等到怀着孙权时,又梦见太阳进入她怀中。她将这事告诉给孙坚:"我以前怀孙策,梦见月亮进入我怀中;现在又梦见太阳进入我怀中,这是为何?"孙坚说:"太阳和月亮,是阴阳二气的精华,是非常显贵的象征。我们的子孙大概要兴旺发达了吧?"

汉蔡茂①字子礼,河内怀人也。初在广汉②,梦坐大殿,极上有禾三穗,茂取之,得其中穗,辄复失之。以问主簿郭贺,贺曰:"大殿者,官府之形象也;极而有禾,人臣之上禄也;取中穗,是中台③之象也。于字,'禾''失''为''秩',虽曰失之,乃所以禄也。衮职有阙,君其补之。"旬月而茂征焉。

【注释】
①蔡茂:西汉末征试博士,拜议郎。
②广汉:郡名,位于今四川广汉北。
③中台:三台之一,指司徒,后世称为丞相。

【译文】
汉代的蔡茂,字子礼,河内郡怀县人氏。起初他在广汉郡,梦到自己坐在大殿中,屋梁上有一株三穗谷子,蔡茂便去拿它,得到了中间的一穗,却又立刻丢失了。他咨询主簿郭贺这梦的吉凶,郭贺说:"大殿是官府的象征;屋梁上有谷子,是大臣中最高的俸禄,你取了中间的一穗,这象征着中台司徒或司空。从字形来看,'禾''失'合起来是'秩',所以虽说是'失'掉了'禾'穗,但却有了'秩',这可带给你俸禄品级啊。三公职位有空缺,你一定要补缺啊。"一个月后蔡茂就得到了征用。

周擥啧者,贫而好道。夫妇夜耕,困息卧,梦天公过而哀之,敕外有以给与。司命①按录籍,云:"此人相贫,限不过此。惟有张车子应赐钱千万,车子未生,请以借之。"天公曰:"善。"曙觉,言之。于是夫妇戮力,昼夜治生,所为辄得,赀至千万。先时有张妪者,尝往周家佣赁,野合有身,月满当孕,便遣出外,驻车屋下。产得儿。主人往视,哀其孤寒,作粥糜食之。问:"当名汝儿作何?"妪曰:"今在车屋下而生,梦天告之,名为车子。"周乃悟曰:"吾昔梦从天换钱,外白以张车子钱贷我,必是子也。财当归之矣。"自是居日衰减。车子长大,富于周家。

【注释】
①司命:传说中的神,掌管人的生死。

【译文】
周擥啧这个人安贫乐道。一次,他夫妻两人晚上耕种,疲惫了便停下来歇息,梦到天帝过来,怜悯他们,命令小吏赐给了他们一些东西。司命神查看簿籍,说:"这人的面相贫穷,限度不超过现在这种境况了。只有张车子应给赐给成千上万的钱,如今张车子还未出生,请把这钱先借给他。"天帝说:"好。"天亮时周擥喷醒后便说出了这梦。于是夫妻俩齐心协力,日夜治理家业,做的事总有收益,资产达到了成千上万。先前有个张妪,曾到周家做用人,私通而怀了孕,到时间分娩了,就被赶出了周家,她住在车棚下,生了个儿子。主人去探望她,怜悯她孤苦寒酸,便煮粥给她吃,问她:"你的儿子该起什么名字?"张妪说:"现在在车棚下生了他,我梦到天帝告诉我,取名叫车子。"周擥喷便恍然大悟,说:"我以前梦见从天帝那里借钱,他的下属说把张车子的钱借给我,一定是这个孩子了。这笔资产应该还给他了。"从此周家家业逐渐减少。张车子长大后,比周家富裕。

后汉张奂为武威①太守。其妻梦帝与印绶,登楼而歌,觉以告奂,奂令占之,曰:"夫人方生男,后临此郡,命终此楼。"后生子猛。建安中,果为武威太守,杀刺史邯郸商,州兵围急,猛耻见擒,乃登楼自焚而死。

汉灵帝梦见桓帝怒曰:"宋皇后有何罪过,而听用邪孽,使绝其命?渤海王悝既已自贬,又受诛毙。今宋氏及悝,自诉于天,上帝震怒,罪在难救。"梦殊明察。帝既觉而恐,寻亦崩。

【注释】

①武威:郡名,位于今甘肃武威。

【译文】

东汉的张奂担任武威太守期间,一次,他的妻子梦见带着张奂的印绶,登楼悲歌。醒后她告诉了张奂这个梦,张奂命人占卜,占卜的人说:"你的夫人会生个儿子,他后来会掌管这个郡,生命也会终结于此。"后来,张奂的妻子生了张猛。建安年间,张猛果然担任武威太守,他杀死了刺史邯郸商,被州军紧紧围困,他耻于被俘,就登上楼自焚而死。

汉灵帝梦见汉桓帝发怒说:"宋皇后有何罪过,你却听信谗言,丧了她的命?渤海王刘悝既然已遭到贬谪,却又被杀死。现在宋皇后和渤海王刘悝,亲自向上天申诉,上帝发怒了,你的罪恶已难以挽救了。"这梦十分清晰。汉灵帝醒后非常恐惧,不久便驾崩了。

吴时嘉兴徐伯始病,使道士吕石安神座。石有弟子戴本、王思二人,居住海盐①,伯始迎之以助石。昼卧,梦上天北斗门下,见外鞍马三匹,云:"明日当以一迎石,一迎本,一迎思。"石梦觉,语本、思云:"如此,死期。可急还,与家别。"不卒事而去。伯始怪而留之。曰:"惧不得见家也。"间一日,三人同时死。

【注释】
①海盐:县名,位于今浙江平湖东南。

【译文】
　　三国时吴国嘉兴县徐伯始生了病,就让道士吕石来放置神座。吕石有戴本和王思两个徒弟,住在海盐县,徐伯始接了他们过来帮助吕石。吕石白天睡觉时梦到他上天到了北斗门,看到小吏给三匹马配好鞍座,并说:"明天要用一匹马去迎接吕石,一匹去迎接戴本,一匹去迎接王思。"吕石梦醒后,告诉戴本、王思:"如果真是如此,那么我们的死期就到了。你们赶紧回家,和家人告别吧。"于是他们没做完事就走了。徐伯始感到奇怪,就挽留他们。他们说:"担心再也见不到家人了。"一天过后,三个人同时去世了。

　　会稽谢奉①与永嘉太守郭伯猷善。谢忽梦郭与人于浙江②上争樗蒲③钱,因为水神所责,堕水而死,已营理郭凶事。及觉,即往郭许,共围棋。良久,谢云:"卿知吾来意否?"因说所梦。郭闻之怅然,云:"吾昨夜亦梦与人争钱,如卿所梦,何期太的也!"须臾如厕,便倒气绝。谢为凶具,一如其梦。

【注释】
①谢奉:字弘道,晋代大臣。
②浙江:指钱塘江。

③樗蒲：古代一种赌博游戏。

【译文】

会稽郡的谢奉与永嘉郡太守郭伯猷交善。一次，谢奉突然梦见郭伯猷和别人在钱塘江上争抢赌博的钱，因而受到水神的惩罚，落水死了，他亲自操办郭伯猷的丧事。谢奉醒后便马上去郭伯猷家，和他切磋围棋。过了很久，谢奉说："你知道我为什么来吗？"接着便将梦中的事说给了郭伯猷。郭伯猷听后非常惆怅，说："我昨夜也梦见和别人争钱，就像你梦见的一样，为何如此清清楚楚！"一会儿郭伯猷去上厕所时，就倒地断了气。谢奉操办他的丧事，和自己所梦见的完全一样。

嘉兴徐泰，幼丧父母，叔父隗养之，甚于所生。隗病，泰营侍甚勤。是夜三更中，梦二人乘船持箱，上泰床头，发箱，出簿书示曰："汝叔应死。"泰即于梦中叩头祈请。良久，二人曰："汝县有同姓名人否？"泰思得，语二人云："有张隗，不姓徐。"二人云："亦可强逼。念汝能事叔父，当为汝活之。"遂不复见。泰觉，叔病乃差。

【译文】

嘉兴县的徐泰，小时候便丧失了父母，叔父徐隗养育他，比抚养亲生儿子还亲。徐隗生病了，徐泰也十分殷勤地照料服侍他。那晚三更时分，徐泰梦到两个人乘船拿着箱子到自己床头上来，他们打开了箱子，将簿书拿给他看，并告诉他："你的叔父该死了。"徐泰就在梦里磕头求情。很久过后，那两人说："你县中是否有和你叔父同名同姓的人？"徐泰想到了，便告诉这他们："只有一个叫张隗的人，不姓徐。"那两人说："姓不同也可勉强让他死。我们念你能服侍叔父，会替你救活他。"于是徐泰便看不见他们了。徐泰醒后，他叔父便痊愈了。

卷十一

楚熊渠子夜行,见寝石①,以为伏虎,弯弓射之,没金铩羽。下视,知其石也。因复射之,矢摧无迹。汉世复有李广②,为右北平太守,射虎得石,亦如之。刘向曰:"诚之至也,而金石为之开,况于人乎!夫唱而不和,动而不随,中必有不全者也。夫不降席而匡天下者,求之己也。"

【注释】

①寝石:横卧的石头。
②李广:西汉名将,被称为"飞将军"。

【译文】

楚国熊渠子晚上赶路,看到了一块横卧着的石头,以为是一只老虎趴在地上,便拉弓射它,箭头射进了石头,箭杆上的羽毛也掉了下来。下马一看,才知道那原来是石头。接着又射,箭断了,也未留下什么痕迹。汉朝又有李广,担任右北平太守,他用剪射老虎,结果却射到了石头,和熊渠子一样。刘向说:"精诚所至,金石为开,何况是人呢?你倡议而没有人响应,你行动而没有人追随,那么一定有不周全之处。不走下座席而能匡正天下,是由于以身作则。"

楚王游于苑,白猿在焉。王令善射者射之。矢数发,猿搏矢而笑。乃命由基①。由基抚弓,猿即抱木而号。及六国时,更羸②谓魏王曰:"臣能为虚发而下鸟。"魏王曰:"然则射可至于此乎?"羸曰:"可。"有顷,闻雁从东方来,更羸虚发而鸟下焉。

齐景公渡于江、沅之河,鼋衔左骖,没之。众皆惊惕。古冶子③

于是拔剑从之,邪行五里,逆行三里,至于砥柱之下,杀之,乃鼋也。左手持鼋头,右手挟左骖,燕跃鹄踊而出,仰天大呼,水为逆流三百步。观者皆以为河伯也。

【注释】

①由基:养由基,楚国大夫,著名神射手。
②更赢:战国时魏人,以善射著称。
③古冶子:齐国三勇士之一,善游泳。

【译文】

楚王在园囿里游猎,那里有只白色的猿。楚王命令好射手去射它。箭射了好几支,那白猿都嬉笑着用手抓箭。楚王于是命令养由基射它。养由基拿起弓,白猿便抱着树哭了起来。到战国时,更赢告诉魏王:"我能只拉弓弦不发箭就可以射下鸟来。"魏王说:"你的技艺真能达到如此地步吗?"更赢说:"可以。"一会儿,听到大雁从东方飞来,更赢虚拉了一下弓弦,大雁便掉了下来。

齐景公渡黄河时,一只老鼋叼走了他左边的马,潜入水中,大家都十分恐惧。古冶子这时候却拔出了宝剑去追它,他斜着行走了五里路,逆水行走了三里路,到达了砥柱山下,将它杀了,原来是一只鼋。古冶子左手提鼋头,右手挟着马,飞跃而出。他仰天大啸,河水为此倒流了三百步。观看的人都以为他是黄河水神。

后汉谅辅,字汉儒,广汉新都人。少给佐吏①,浆水不交②。为从事,大小毕举,郡县敛手。时夏枯旱,太守自曝中庭,而雨不降。辅以五官掾出祷山川,自誓曰:"辅为郡股肱,不能进谏纳忠,荐贤退恶,和调百姓,至令天地否隔,万物枯焦,百姓喁喁,无所控诉,咎尽在辅。今郡太守内省责己,自曝中庭,使辅谢罪,为民祈福,精诚恳到,未有感彻。辅今敢自誓:若至日中无雨,请以身塞无状。"乃积薪柴,将自焚焉。至日中时,山气转黑起,雷雨大作,一郡沾润。世以此称其至诚。

【注释】

①佐吏:属官。即辅助上官之吏。

②浆水不交:谓为官清廉,浆水都不受。浆水,一般酒类。

【译文】

东汉的谅辅,字汉儒,是广汉郡新都人。他年轻时任职佐吏,廉洁得连酒水都不收。后来担任从事,大大小小的错误他都检举,因而郡、县的官吏都很收敛。那年夏天大旱,太守亲自站在院中暴晒求雨,但仍然没下雨。谅辅以五官掾的身份去向山川之神祈祷,发誓说:"我谅辅是广汉郡的得力大臣,不能进纳忠言,推荐贤能、贬斥邪恶,和睦老百姓,致使天地闭塞不通,万物枯焦,百姓私语,但无处申诉,这都该怪我。如今郡太守反省苛责自己,在院里暴晒,还派我来向上天请罪,为百姓祈福,太守的真诚恳切,还未能感动上天。我谅辅现在发誓:如果中午还不下雨,请用我的身体来弥补那弥天大罪吧。"于是他便堆起柴草要自焚。到中午时,山间乌云升起,雷雨倾盆而下,整个郡都湿透了。世人因而称他是最真诚的人。

何敞,吴郡人。少好道艺,隐居。里以大旱,民物憔悴,太守庆洪遣户曹掾致谒,奉印绶,烦守无锡。敞不受。退,叹而言曰:"郡界有灾,安能得怀道!"因跋涉之县,驻明星①屋中。蝗蝝消死,敞即遁去。后举方正②、博士③,皆不就。卒于家。

后汉徐栩,字敬卿,吴由拳人。少为狱吏,执法详平。为小黄令。时属县大蝗,野无生草,过小黄界,飞逝不集。刺史行部,责栩不治。栩弃官,蝗应声而至。刺史谢,令还寺舍④。蝗即飞去。

【注释】

①明星:指金星。

②方正:汉代选举科目之一。

③博士:官名。

④寺舍:指官舍。

【译文】

何敞,吴郡人氏,年少时爱好学问,在家隐居。有一年,乡中大旱,百姓困苦憔悴，太守庆洪便派遣户曹掾捧上官印来请他，麻烦他处理县内政事。何敞不肯接受。但告退后，又感叹："郡内发生了灾难，我哪能一心研究学问啊！"于是他便徒步到了无锡县，用道术让金星停在屋中。蝗虫都死了，何敞便悄悄地离开了。后来，有人举荐他当方正、博士，他都没有去，最后死于家中。

东汉的徐栩，字敬卿，吴郡由拳县人氏。他年轻时掌管监狱，执行法律详审公平。后来他担任陈留郡小黄县县令时，邻县大闹蝗灾，田里青黄不接，但蝗虫经过小黄县时，却径直飞走而不停留。刺史巡视部属来到小黄县，责备徐栩不治理蝗灾。徐栩辞了官职，蝗虫便闻声而来。于是刺史向徐栩道歉，让他回来就任，蝗虫便又离开了。

王业字子香，汉和帝①时，为荆州刺史。每出行部，沐浴斋素，以祈于天地，当启佐愚心，无使有枉百姓。在州七年，惠风大行，苛慝不作，山无豺狼。卒于湘江。有二白虎，低头曳尾，宿卫其侧。及丧去，虎逾州境，忽然不见。民共为立碑，号曰"湘江白虎墓"。

【注释】
①汉和帝：东汉皇帝。

【译文】
　　王业，字子香，汉和帝时拜为荆州刺史。每次去部属巡视，他都沐浴斋戒，向天地祈祷：请求启发、帮助自己愚笨的心，别让自己做出辜负百姓的事情。他担任荆州刺史七年，仁爱之风盛行，残酷罪恶从未发生，连山中的豺狼都没有了。他后来死于湘江。有两只白虎低头拖着尾巴，在他的身边守卫。等到他的丧事办完后，两只老虎越过州界，突然消失了。人们一起为王业和两只老虎立了碑，称为"湘江白虎墓"。

郭巨，隆虑①人也，一云河内温人。兄弟三人，早丧父。礼毕，二弟求分。以钱二千万，二弟各取千万。巨独与母居客舍，夫妇佣赁，以给公养。居有顷，妻产男。巨念与儿妨事亲，一也；老人得食，喜分儿孙，减馔，二也。乃于野凿地，欲埋儿，得石盖，下有黄金一釜,中有丹书,曰:"孝子郭巨,黄金一釜,以用赐汝。"于是名振天下。

【注释】

①隆虑:县名,位于今河南林州市。

【译文】

郭巨是河内郡隆虑县人,另一种说法是河内郡温县人。他们兄弟三人早年丧父。丧礼刚结束,两个弟弟便要求分家。因为家中有两千万钱,两个弟弟每人拿走了一千万。郭巨便独自和母亲住在客店中,夫妻二人靠打工供养母亲。不久后,他妻子生了个儿子。郭巨想到养育儿子会妨碍侍奉母亲,这是其一;老人获得的食物,总喜欢分给孙子,就会减少母亲的食物,这是其二。于是他便去野外挖土,要埋掉儿子。却挖到了一块石板,下面有一釜黄金,上面用朱砂写着:"孝子郭巨,这一釜黄金是用来赏你的。"于是郭巨声名震惊全国。

新兴①刘殷,字长盛,七岁丧父,哀毁过礼,服丧三年,未尝见齿。事曾祖母王氏。尝夜梦人谓之曰:"西篱下有粟。"寤而掘之,得粟十五钟。铭曰:"七年粟百石,以赐孝子刘殷。"自是食之,七岁方尽。及王氏卒,夫妇毁瘠,几至灭性。时柩在殡而西邻失火,风势甚猛,殷夫妇叩殡号哭,火遂灭。后有二白鸠来,巢其树庭。

【注释】

①新兴:郡名,位于今湖北江陵东。

【译文】

新兴郡的刘殷,字长盛,他七岁时失去了父亲,居丧尽礼超过了一般的礼制的规定。他服丧三年,从来没露牙笑过。他侍奉曾祖母王氏。一天晚上,梦到有人告诉他:"西边篱笆下有谷子。"他醒后去挖,获得了十五钟谷子。那盖子上铭文说:"七年的谷子有一百石,赏赐给孝子刘殷。"从那时起吃这些谷子,七年才吃完。等到王氏死后,刘殷夫妇二人减食消瘦,几乎死去。当时棺材正下葬,而西边的邻居家失了火,风力很大,刘殷夫妇敲着棺材哭号,大火便熄灭了。后来来了两只白鸠,在他家院里树上做巢。

  杨公伯雍,雒阳县人也。本以侩卖①为业,性笃孝。父母亡,葬无终山②,遂家焉。山高八十里,上无水,公汲水,作义浆于阪头,行者皆饮之。三年,有一人就饮,以一斗石子与之,使至高平好地有石处种之,云:"玉当生其中。"杨公未娶,又语云:"汝后当得好妇。"语毕不见。乃种其石。数岁,时时往视,见玉子生石上,人莫知也。有徐氏者,右北平著姓③,女甚有行,时人求,多不许。公乃试求徐氏。徐氏笑以为狂,因戏云:"得白璧一双来,当听为婚。"公至所种玉田中,得白璧五双,以聘。徐氏大惊,遂以女妻公。天子闻而异之,拜为大夫。乃于种玉处,四角作大石柱,各一丈,中央一顷地,名曰"玉田"。

【注释】

①侩卖:旧时做中间人介绍买卖。
②无终山:山名,位于今河北玉田西北。
③著姓:指有显著声名的世家。

【译文】

  杨伯雍是洛阳县人氏。他本以做中间人介绍买卖为业,天性忠厚孝顺。父母早亡,葬在无终山,他于是把家安置在那儿。无终山有八十里高,山上无水,他就去打水,烧好茶水放在山上免费供应,过路的人都可以喝。三年后,有个人来喝水,给了他一斗石子,叫他到高平的好田挑有石头之处种下,并说:"宝玉会从其中长出来。"杨伯雍当时还没娶妻,那人又告诉他:"你以后会娶到好媳妇。"那人说完就消失了。杨伯雍就种下石子。几年中,他经常去看,只见小宝玉生在了石头上,没人知道这事。有一户徐姓人家,是右北平郡的名门望族,他女儿很有德行,当时来求婚的很多,姓徐的都没答应。杨伯雍便试着去向徐家求婚。徐家认为他太狂妄了,便讥笑他说:"如果你能弄到一对白璧,我就同意你娶我女儿。"杨伯雍到了他的田中,收获了五对白璧,便拿它们作为聘礼。徐家大吃一惊,便把女儿嫁给了他。皇帝听说后,认为杨伯雍很奇特,就任命他为大夫。就在种玉的地方,四角立起大石柱,每根都一丈高,正中的一顷地,被命名为"玉田"。

河南乐羊子之妻者,不知何氏之女也。躬勤养姑。尝有他舍鸡谬入园中,姑盗杀而食之。妻对鸡不食而泣。姑怪问其故,妻曰:"自伤居贫,使食有他肉。"姑竟弃之。后盗有欲犯之者,乃先劫其姑,妻闻,操刀而出。盗曰:"释汝刀。从我者可全;不从我者,则杀汝姑。"妻仰天而叹,刎颈而死。盗亦不杀姑。太守闻之,捕杀盗贼,赐妻缣帛,以礼葬之。

【译文】
河南郡乐羊子的妻子,不知是谁家的女儿。她亲自赡养婆婆。曾有别家的鸡误入了她家园中,婆婆偷偷将鸡杀了吃。乐羊子的妻子对着鸡不吃,反而哭了。她婆婆感到奇怪,便问她缘故,她说:"我伤心家中生活太穷,导致我们的食物中有别家的肉。"婆婆最后扔掉了鸡肉。后来一个强盗想非礼她,便先劫持了她的婆婆,她听到声音,拿着刀冲了出来。强盗说:"放下刀!服从我就可以保全性命;不服从就杀了你婆婆。"乐羊子的妻子仰天长叹一声,抹断自己的脖子死了。那强盗也没杀死她的婆婆。太守听说后,把强盗捉拿后处死了,并赏赐给乐羊子的妻子许多绸缎,依照礼仪安葬了她。

庾衮①字叔褒。咸宁中,大疫,二兄俱亡,次兄毗复殆。疠气②方盛,父母诸弟,皆出次于外,衮独留不去。诸父兄强之,乃曰:"衮性不畏病。"遂亲自扶持,昼夜不眠;间复抚柩,哀临不辍。如此十余旬,疫势既退,家人乃返。毗病得差,衮亦无恙。

【注释】
①庾衮:晋明穆皇后的伯父。
②疠气:指瘟疫等具有强烈传染性的疾病。

【译文】

庾衮,字叔褒。咸宁年间,瘟疫肆虐,他两位哥哥都死了,二哥庾毗又病重。当时瘟疫正盛行,他父母和几个弟弟都外地去住了,只有庾衮留下来。父兄们极力劝他走,他却说:"我生来就不害怕疾病。"于是他亲自服侍二哥,日夜不眠;又不时去抚慰他两位哥哥的灵柩,不停地哀悼吊唁。这样过了一百多天。瘟疫开始消退了,家人才回来。二哥庾毗的病好了,庾衮也安然无恙。

宋康王①舍人韩凭,娶妻何氏,美,康王夺之。凭怨,王囚之,论为城旦。妻密遗凭书,缪其辞曰:"其雨淫淫,河大水深,日出当心。"既而王得其书,以示左右,左右莫解其意。臣苏贺对曰:"其雨淫淫,言愁且思也;河大水深,不得往来也;日出当心,心有死志也。"俄而凭乃自杀。其妻乃阴腐其衣。王与之登台,妻遂自投台,左右揽之,衣不中手而死。遗书于带曰:"王利其生,妾利其死。愿以尸骨,赐凭合葬。"王怒,弗听。使里人埋之,冢相望也。王曰:"尔夫妇相爱不已,若能使冢合,则吾弗阻也。"宿昔之间,便有大梓木生于二冢之端,旬日而大盈抱,屈体相就,根交于下,枝错于上。又有鸳鸯,雌雄各一,恒栖树上,晨夕不去,交颈悲鸣,音声感人。宋人哀之,遂号其木曰"相思树"。相思之名,起于此也。南人谓此禽即韩凭夫妇之精魂。今睢阳②有韩凭城,其歌谣至今犹存。

【注释】

①宋康王:战国时宋国国君。
②睢(suī)阳:县名,位于今河南商丘附近。

【译文】

宋康王的舍人韩凭,娶了何氏为妻。她长得很漂亮,宋康王便掳走了她。韩凭非常怨恨,宋康王就囚禁了他,惩罚他去边境白天守备、夜间筑城。他妻子偷偷地寄了一封信给他,信用隐语说:"其雨淫淫,河大水深,日出当心。"不久以后,这信落入康王手中,他让身边的侍从看,侍从们都不懂信的含意。这时大臣苏贺回答道:"'其雨淫淫',是说她忧愁并且想念；'河大水深'，是说他们不能来往；'日出当心'，是说她心中有死的志向。"不久韩凭便自杀了。他的妻子私下腐蚀了自己的衣服。一次，宋康王和她登高台赏景，韩凭的妻子便跳下了高台，身旁的人去拉她，她的衣服朽了拉不住，就摔死了。她在衣带上留下遗书说："大王希望我活，我愿意死掉。希望将我的尸骨，赐给韩凭合葬。"康王十分愤怒，没有照遗言行事，而是派乡人把她埋了，让他们的坟墓远远相对。康王说："你们夫妻俩爱不停，倘若能让坟墓合在一起，那我便不再阻拦了。"一夜之间，便有大梓树从两个坟墓顶长了出来，十多天梓树就长到一抱粗，树干弯曲着互相靠拢，树根互相缠绕，树枝互相交错。又有两只鸳鸯，一雌一雄，一直栖息在树上，早晚都不离开，它们偎依着脖子互相鸣叫，叫声十分感人。宋国的百姓同情他们，就把梓树称为"相思树"。相思的说法，就产生于此。南方的人说这鸳鸯鸟就是韩凭夫妇的灵魂。如今睢阳县有韩凭城，颂扬韩凭夫妇的歌谣至今还流传着。

汉范式，字巨卿，山阳金乡人也，一名汜。与汝南张劭为友，劭字元伯，二人并游太学①。后告归乡里，式谓元伯曰："后二年当还，将过拜尊亲，见孺子焉。"乃共克期日。后期方至，元伯具以白母，请设馔以候之。母曰："二年之别，千里结言，尔何相信之审耶？"曰："巨卿信士，必不乖违。"母曰："若然，当为尔酝酒。"至期，果到。升堂拜饮，尽欢而别。后元伯寝疾甚笃，同郡郅②君章、殷子征晨夜省视之。元伯临终，叹曰："恨不见我死友。"子征曰："吾与君章，尽心于子，是非死友，复欲谁求？"元伯曰："若二子者，吾生友耳；山阳范巨卿，所谓死友也。"寻而卒。式忽梦见元伯，玄冕垂缨，屣履而呼曰："巨卿，吾以某日死，当以尔时葬，永归黄泉。子未忘我，岂能相及？"式恍然觉悟，悲叹泣下，便服朋友之服，投其葬日，驰往赴之。未及到而丧已发引。既至圹，将窆，而柩不肯进。其母抚之曰："元伯，岂有望耶？"遂停柩。移时，乃见素车白马，号哭而来。其母望之曰："是必范巨卿也。"既至，叩丧言曰："行矣元伯，死生异路，永从此辞。"会葬者千人，咸为挥涕。式因执绋而引，柩于是乃前。式遂留止冢次，为修坟树，然后乃去。

【注释】

①太学：我国古代的最高学府。

②到：应为"郅"字。

【译文】

东汉的范式，字巨卿，是山阳郡金乡县人氏，又叫范汜。他和汝南郡人氏张劭交好。张劭，字元伯，两人曾一起到太学读书。后来范式告别回乡时，告诉张劭："两年后我归来，一定要拜访你双亲，看望你孩子。"于是两人共同约定了日期。后来，约定之日就要到了，张劭告诉母亲，请她备好饭菜迎接范式。他母亲说："两年的分离，千里的诺言，你怎么如此相信呢？"张劭说："巨卿是讲信用的人，一定不会违约的。"母亲说："如果是这样，就应该给你酿酒了。"到了约定之日，范式果然来了。他登堂拜见张劭的父母，一起饮酒，极尽了欢乐后才道别。后来张劭生病卧床，病情危重，同郡的郅君章、殷子征早晚都照看他。张劭临终前叹息道："遗憾不能见一下我那生死与共的朋友。"殷子征说："我与郅君章尽心竭力对你，倘若我们不是你生死与共的朋友，还想见谁呢？"张劭说："你们两个，只是我的生友，山阳郡的范巨卿，才是我生死与共的朋友。"不久张劭便死了。范式突然梦见张劭穿着黑祭服，戴着帽子，垂挂着帽带，拖着鞋子急忙叫道："巨卿，我在某日死了，该在某日埋葬，永归地下了，你如果还没忘记我，可否再见我一面？"范式清醒过来，悲痛长太息，忍不住哭泣，眼泪直流，于是他穿上丧服，按照下葬的日期，赶马去奔丧。范式还没赶到而灵车已经启行了。到了墓穴后，准备下葬，而棺材却不肯进入墓穴。他母亲抚着棺材说："元伯，你是不是还有什么期望啊？"于是停下了棺材。过了一会儿，便看见白车白马，车上人痛哭着奔来。张劭的母亲远远一看，说："一定是范巨卿来了。"一会儿范式便到了，他磕头吊唁道："走吧元伯，死者和生者不同路，从此你我永别了。"参加葬礼的有上千人，都为之而流眼泪。范式便拿起牵引棺材的绳索向前拉，棺材这才移动了。范式便留守在坟边，修好坟，种了树，然后才离开。

卷十二

天有五气①,万物化成。木清则仁,火清则礼,金清则义,水清则智,土清则思,五气尽纯,圣德备也。木浊则弱,火浊则淫,金浊则暴,水浊则贪,土浊则顽,五气尽浊,民之下也。中土多圣人,和气所交也;绝域多怪物,异气所产也。苟禀此气,必有此形;苟有此形,必生此性。故食谷者智慧而文,食草者多力而愚,食桑者有丝而蛾,食肉者勇敢②而悍,食土者无心而不息,食气者神明而长寿,不食者不死而神。大腰无雄,细腰无雌③。无雄外接,无雌外育。三化之虫④,先孕后交;兼爱之兽,自为牝牡。寄生因夫高木,女萝托乎茯苓⑤。木株于土,萍植于水。鸟排虚而飞,兽蹠实而走,虫土闭而蛰,鱼渊潜而处。本乎天者亲上,本乎地者亲下,本乎时者亲旁,各从其类也。千岁之雉,入海为蜃;百年之雀,入海为蛤;千岁龟鼋,能与人语;千岁之狐,起为美女;千岁之蛇,断而复续;百年之鼠,而能相卜。数之至也。春分之日,鹰变为鸠;秋分之日,鸠变为鹰。时之化也。故腐草之为萤也,朽苇之为蛬⑥也,稻之为䖤⑦也,麦之为蝴蝶也,羽翼生焉,眼目成焉,心智在焉,此自无知化为有知而气易也。雀⑧之为蛤也,蚕之为虾也,不失其血气,而形性变也。若此之类,不可胜论。应变而动,是为顺常;苟错其方,则为妖眚。故下体生于上,上体生于下,气之反者也。人生兽,兽生人,气之乱者也。男化为女,女化为男,气之贸者也。鲁牛哀⑨得疾,七日化而为虎,形体变易,爪牙施张。其兄启户而入,搏而食之。方其为人,不知其将为虎也;方有为虎,不知其常为人也。故晋太康中,陈留阮士瑀伤于虺,不忍其痛,数嗅其疮,已而双虺成于鼻中。元康中,历阳⑩纪元载客食道龟,已而成瘕,医以药攻之,下龟子数升,大如小钱,头足咸备,文甲皆具,惟中药已死。夫妻非化育之气,鼻非胎孕之所,享道非下物之具。从此观之,万物之生死也,与其变化也,非通神之思,虽求诸己,恶识所自来。然朽草之为萤,由乎腐也;麦之为蝴蝶,由乎湿也。尔则万物之变,皆有由也。农夫止麦之化者,沤之以灰;圣人理万物之化者,济之以道。其与,不然乎?

【注释】

①五气:指火、水、木、金、土五种元气。
②憪(xiàn):指气势旺盛。
③大腰:龟类动物。细腰:蜂类动物。
④三化之虫:即蚕。
⑤寄生:此指"茑萝",一种草本植物。女萝:即松萝,地衣类植物。茯苓:一种真菌,寄生在松树根上。
⑥蛬(gǒng):蟋蟀的别名。
⑦蝈(jiā):米虫。
⑧雚(hè):即"鹤"。
⑨牛哀:鲁国人。
⑩历阳:县名,位于今安徽和县。

【译文】

天有木、火、金、水、土五种元气,万物都由其而生成。木气精纯生成仁爱,火气精纯生成礼制,金气精纯生成道义,水气精纯生成智慧,土气精纯生成思想,五气都精纯,那么圣人的德行就具备了。木气混浊便生成虚弱,火气混浊便生成淫乱,金气混浊便生成残暴,水气混浊便生成贪婪,土气混浊便生成顽固,五气都混浊,那么就成为平民中的卑贱之人了。中原多圣人,这是由于和顺之气相交形成的;偏远地区多怪物,这是奇异之气相汇造成的。如果秉承了某种元气,就一定会有某种形体;如果有了某种形体,就一定会产生某种性情。因而吃杂粮的聪慧而文雅,吃草皮的力大却愚蠢,吃桑叶的能吐丝而变成蛾,吃肉的勇猛却蛮横,吃泥土的没有心智却忙个不停,吃气体的拥有神通且长命百岁,什么都不吃而不死的就成为神灵。龟鼋类的动物无雄性,蜂蚁类的细腰动物无雌性。无雄性的就和其他种类的动物交配,无雌性的就靠其他种类的动物来孕育。蜕化三次的蚕,先产卵然后交配;博爱兼类的禽兽,同类物种进行交配。寄生草依附于高大树木,女萝托身于低矮茯苓。树木扎根于土,浮萍根植于水。鸟儿振翅高飞,禽兽踏地奔跑。虫子裹泥封土而冬眠,鱼儿深潜水潭而居处。来源于天的亲附天,来源于地的亲附地,来源于时令的亲附所依傍之物,各类事物都以类相从。千年野鸡,进入海里就变成大蛤蜊;百年麻雀,进入海里就变成小蛤蜊;千年乌龟和老鳖能与人交谈;千年狐狸立起成美女;千年大蛇,被斩断后还能连起来;百年老鼠,可占卜看相。这是寿命达到一定限度而造成的。春分天,鹰变成鸠;秋分天,鸠变成鹰。这是时令造成的。因此,腐烂的草变成萤火虫,腐烂的芦苇变成蟋蟀,稻子变成蛀虫,麦子变成蝴蝶,长出羽毛翅膀,生出眼睛,就有了意念和智慧,这是无知觉变成了有知觉而气质随之变化了。鹤变成獐,蟋蟀变成虾,未丧失原来的血气,但形状本性却变了。这一类的事物,多得不胜枚举。顺应变化之道而变动,这是顺应常规。倘若违背了变化之道而变动,就会酿成灾祸。因此,下身的长在了上身,上身的长在了下身,这是元气逆反造成的。人产下禽兽,禽兽产下人,这是元气混乱造成的。男人变成女人,女人变成男人,这是元气互换的体现。鲁国的牛哀生病了,七天后就成了老虎,形体改变了,就开始张牙舞爪。他哥哥开门进去,就被他抓住吃了。牛哀为人之时,他并不知自己会成为老虎;而他成为老虎时,也不知自己曾是人。因此,晋朝太康年间,陈留郡的阮士瑀遭毒蛇咬伤,他忍受不了疼痛,屡次去闻伤口,不久他鼻子里就长出了两条毒蛇。元康年间,历阳县人氏纪元载,做客时吃了得道的乌龟,后来腹中结了硬块,医生用药来治疗,他便排泄出几升小乌龟,像小铜钱一样大,头、脚、龟纹和硬壳都齐备了,只是中了药毒都死了。夫妻并非生化万物的元气,鼻腔也不是怀胎受孕的地方,肠道不是生产小动物的器官。从这一点看来,万物的生死和变化,倘若没有通达神灵的思虑,即使从自身内在仔细探究,也不能知道它们来自哪里。但是,腐草变成了萤火虫,是由于腐烂了;麦子变成蝴蝶,是由于潮湿了。由此看来,万物的变化,都是有其原因的。农民要制止麦子变化,就用灰来浸泡;圣人治理万物的变化,就用道来调剂。难道不应该是这样吗?

吴诸葛恪为丹阳太守,尝出猎,两山之间,有物如小儿,伸手欲引人。恪令伸之,乃引去故地。去故地,即死。既而参佐问其故,以为神明。恪曰:"此事在《白泽图》^①内,曰:'两山之间,其精如小儿,见人则伸手欲引人,名曰傒囊。引去故地则死。'无谓神明而异之,诸君偶未见耳。"

【注释】

①《白泽图》:记载鬼神之事的图籍。

【译文】

吴郡人诸葛恪担任丹阳太守,一次,他去田猎,看见两山之间,有一个像小孩的东西,伸出手来想要拉住人。诸葛恪便让人伸手给他,于是怪物引入原来居住的地方,怪物一到原来的地方就死了。不久,部下询问诸葛恪这是为什么,认为他像神明一样。诸葛恪说:"这事记载在了《白泽图》上,《白泽图》说:'两座山之间,那里的精怪像小孩,看见人就伸手想拉,它的名字叫傒囊。把人引到它原来的处所,它就会死。'不要以为我神通广大而感到奇怪,你们只是没有见到罢了。"

王莽建国四年,池阳^①有小人景,长一尺余,或乘车,或步行,操持万物,大小各自相称,三日乃止。莽甚恶之。自后盗贼日甚,莽竟被杀。《管子》^②曰:"涸泽数百岁,谷之不徙,水之不绝者,生庆忌^③。庆忌者,其状若人,其长四寸,衣黄衣,冠黄冠,戴黄盖,乘小马,好疾驰。以其名呼之,可使千里外一日反报。"然池阳之景者,或庆忌也乎?又曰:"涸小水精生蚳。蚳者,一头而两身,其状若蛇,长八尺。以其名呼之,可使取鱼鳖。"

晋扶风^④,杨道和,夏于田中值雨,至桑树下,霹雳下击之,道和以锄格,折其股,遂落地,不得去。唇如丹,目如镜,毛角长三寸余,状似六畜^⑤,头似猕猴。

【注释】

①池阳:县名,位于今陕西泾阳西北。

②《管子》:书名,相传为春秋时齐人管仲所写,实为后人所作。
③庆忌:传说中的一种异兽。
④扶风:西晋时郡名。
⑤六畜:泛指家畜。

【译文】

王莽建国四年,池阳县有小人的影子出现,一尺多长,有的乘车,有的步行,拿着各种东西,大小也都与他们的体形相配,三天之后才消失。王莽十分厌恶他们。此后,强盗便一天多于一天,王莽最终被杀害。《管子》说:"湖泽干枯了几百年,山谷不移位、水源不断绝,就会有水怪庆忌出现。庆忌的形状像人,身长四寸,穿着黄衣服,戴着黄帽子,打着黄华盖,乘坐马拉车,喜欢飞奔。用它的名字叫它,可以让它在千里以外一天就赶回来。"如此说来,池阳县的小人影,也许就是庆忌吗?《管子》又说:"干枯的河川中的小水怪生于蚳。蚳,有一个头两个身体,体形像蛇,身长八尺。用它的名字叫它,可让它下潜水里抓鱼鳖。"

晋朝扶风郡人氏杨道和,夏天在田里干活时碰到下雨,就去桑树下躲雨,霹雳神来打他,杨道和便用锄头来搏斗,打断了它的大腿,它便倒在了地上,不能返回天上了。这霹雳神嘴唇像丹砂一样红,眼睛像镜子一样亮,它的长毛角三寸多长,身体像六畜,头像猕猴。

秦时,南方有落头民,其头能飞。其种人部有祭祀,号曰"虫落",故因取名焉。吴时,将军朱桓①得一婢,每夜卧后,头辄飞去,或从狗窦,或从天窗中出入,以耳为翼。将晓,复还。数数如此,傍人怪之,夜中照视,唯有身无头,其体微冷,气息裁属②。乃蒙之以被。至晓,头还,碍被不得安,两三度堕地,噫咤甚愁,体气甚急,状若将死。乃去被,头复起,傅颈。有顷,和平。桓以为大怪,畏不敢畜,乃放遣之。既而详之,乃知天性也。时南征大将,亦往往得之。又尝有覆以铜盘者,头不得进,遂死。

【注释】

①朱桓:三国时吴国将领,官拜前将军,为青州牧。

②气息裁属:气息指呼吸;裁,通"才";属,连接。

【译文】
　　秦朝时,南方有落头人,他们的头能飞。这种人的部落中有一种祭祀,叫"虫落",因此这部落叫"虫落"。三国东吴时,将军朱桓获得了一位婢女,每天晚上睡觉后,她的头就飞出去了。她的头或者从狗洞,或者从天窗中进出,用耳朵当翅膀。快天亮时,她的头又会飞回来。一直这样,旁人便感到很奇怪,就在晚上点灯去看那婢女,只有身体而无头,她的身体稍微有点凉,呼吸微弱,人们便用被子盖住了她的身体。到拂晓时分,她的头回来了,但由于被子遮住了身体,头便安不上了,尝试了两三次后掉在地上,那头愁苦地叹息着,而身体呼吸很急促,好像快要死了。于是人们便揭掉被子,头又飞了起来,安在了脖子上,一会儿便平静了。朱桓认为这婢女是大妖怪,害怕得不敢再收养她,于是打发她走了。过后详细了解,才知道这是她的天性。当时南征的大将军,也常常获得这种人。又曾有人用铜盘去盖住身体,头接不上去,就死了。

　　临川①间诸山,有妖物,来常因大风雨,有声如啸,能射人。其所著者,有顷便肿大。毒有雌雄,雄急而雌缓。急者不过半日间,缓者经宿。其旁人常有以救之,救之少迟则死。俗名曰"刀劳鬼"。故外书云:"鬼神者,其祸福发扬之验于世者也。"《老子》②曰:"昔之得一③者:天得一以清,地得一以宁,神得一以灵,谷得一以盈,侯王得一以为天下贞。"然则天地鬼神,与我并生者也。气分则性异,域别则形殊,莫能相兼也。生者主阳,死者主阴,性之所托,各安其生。太阴之中,怪物存焉。

【注释】
①临川:郡名,位于今江西南城东南。
②《老子》:李耳所作,又称《道德经》,是道家的经典著作。
③一:指"道"。

【译文】
　　临川郡的那些山上生有一种怪物,它们常常伴随着狂风暴雨而来,声音很悠长,能射伤人。被它们射中的地方,不久便肿了起来,十分阴毒。这怪物有雌有雄,雄的毒性来得快,雌的毒性来得慢。毒性快的不超过半天人就死了,毒性慢的可活过一夜。那里山中的人常有办法抢救被射伤的人,稍微抢救得晚了点,受伤的人就会死。民间都称这种怪物为"刀劳鬼"。因而野书上说:"鬼神是祸福发散后能在社会上得到验证的事物。"《老子》说:"过去得道的有:天得道而清爽,地得道而安宁,神得道而灵验,深谷得道而盈满,侯王得道便能统领天下。"如此看来,那么天地鬼神就都是和我们一起并存的事物。气质有别而天性不同,地域有别而形体不同,没有什么东西能兼具的。活物以阳气为主,死物以阴气为主,天性各有所依附,各自安存于它们所存在的状态。极盛的阴气之中,就有怪物存在。

越地深山中有鸟,大如鸠,青色,名曰冶鸟。穿大树作巢,如五六升器,户口径数寸,周饰以土垩①,赤白相分,状如射侯。伐木者见此树,即避之去。或夜冥不见鸟,鸟亦知人不见,便鸣唤曰:"咄,咄,上去。"明日便宜急上。"咄,咄,下去。"明日便宜急下。若不使去,但言笑而不已者,人可止伐也。若有秽恶及其所止者,则有虎通夕来守,人不去,便伤害人。此鸟,白日见其形,是鸟也;夜听其鸣,亦鸟也。时有观乐者,便作人形,长三尺,至涧中取石蟹,就火炙之,人不可犯也。越人谓此鸟是越祝②之祖也。

【注释】

①土垩:白色的土。
②越祝:越地的巫祝,即祭祀时祭告鬼神的人。

【译文】

越国一带的深山中生长着一种鸟,像鸠一样大,青色,名叫冶鸟。它们凿大树来做巢,那洞如五六升的容器,洞口的直径几寸,洞口周围有白土涂饰,泥土红白相间,就像箭靶子。砍伐树木的人若见到这种树,就会避开。有时天黑人看不到鸟,鸟也晓得人看不到它,就叫唤说:"咄,咄,上去。"明天就应该赶紧上山砍伐。倘若鸟叫唤说:"咄,咄,下去。"明天就应该赶紧下山砍伐。如果那鸟不让人离开,只是笑个不停,人们就应该停止砍伐了。倘若有污秽恶浊之物弄到了它栖息之处,那么便有老虎通宵来守着,人倘若不离开,就会受伤害。这种鸟,白天看见它,是鸟;夜里听见它的鸣叫,也是鸟。有时它们去观赏游乐,便变成人形,长三尺,去山涧抓石蟹,烤来吃,人们不可以去侵犯它们。越国人说这种鸟是巫祝的祖先。

南海之外,有鲛人①,水居如鱼,不废织绩。其眼泣则能出珠。

庐江皖、枞阳②二县境上,有大青、小青居,山野之中,时闻哭声,多者至数十人,男女大小,如始丧者。邻人惊骇,至彼奔赴,常不见人。然于哭地必有死丧。率声若多则为大家③,声若小则为小家④。

【注释】

①鲛人:鱼尾人身,即人鱼之灵异者。
②皖、枞阳:县名,均位于今安徽桐城东南。
③大家:即大户人家。
④小家:即小户人家。

【译文】

南海郡外的大海中,有一种鲛人,像鱼一样栖息在水中,他们一刻不停地纺织着。哭泣时,他们的眼睛能流出珍珠。

传说在庐江郡的皖县和枞阳县境内,隐居着大青、小青,因而那山野中,时常有哭声传出,哭声多时达几十人,男女老少都有,就像刚死了人一样。附近的人都十分惊惧,跑到那里一看,却往往什么人也看不到。但哭的地方必定有人死亡。大抵说来,哭声大的就是大户人家死了人,哭声小的就是小户人家死了人。

营阳郡①有一家,姓廖,累世为蛊,以此致富。后取新妇,不以此语之。遇家人咸出,唯此妇守舍。忽见屋中有大缸,妇试发之,见有大蛇,妇乃作汤②,灌杀之。及家人归,妇具白其事,举家惊惋。

未几,其家疾疫,死亡略尽。

【注释】

①营阳郡:郡名,位于今湖南永州一带。

②汤:即沸水。

【译文】

营阳郡有一户人家姓廖,几代都养蛊,并以此发财。后来他娶了一位新娘子,没有告诉她这件事。一次,碰巧家人都出去了,只有媳妇看家。她突然看见屋中有只大缸,便好奇地打开了,看见缸里有大蛇,她便烧了开水,浇死了蛇。等到家人回来,媳妇详细地说了此事,家人都感到十分吃惊和惋惜。不久,这家人遭到了瘟疫,几乎死光了。

卷十三

泰山之东有澧泉,其形如井,本体是石也。欲取饮者,皆洗心志,跪而挹之,则泉出如飞,多少足用。若或污漫,则泉止焉。盖神明之尝志者也。

二华之山①,本一山也。当河,河水过之而曲行。河神巨灵,以手擘开其上,以足蹈离其下,中分为两,以利河流。今观手迹于华岳上,指掌之形具在。脚迹在首阳山②下,至今犹存。故张衡③作《西京赋》所称"巨灵赑屃,高掌远迹,以流河曲",是也。

【注释】
①二华之山:指太华山和少华山。
②首阳山:位于山西永济县南。
③张衡:东汉科学家、文学家。

【译文】
泰山的东边有条澧泉,它的形状像井,而本身是块石头。想要取泉水饮用的人,都必须心无杂念,跪着去舀,那么泉水便会飞一样地喷出来,喝多少都够。倘若行为污秽,那么泉水就不会喷出来。这大概是神灵在试探人心啊。

太华山和少华山本来是同一座山。它正对黄河,黄河水经过时要绕道而流。黄河神巨灵使用手劈开山顶,用脚蹬开山麓,便平分了两座山,以便黄河流动。如今到华山上去看河神的手印,它的手指和手掌的形状都还在;脚印在首阳山下,到现在仍保存着。过去张衡作了《西京赋》,赋中的"巨灵孔武有力,高山上留有手印,而脚印留在远方,使那弯曲的黄河水畅流而过",说的就是这件事。

汉武徙南岳之祭于庐江灊县霍山之上①,无水。庙有四镬,可受四十斛。至祭时,水辄自满,用之足了,事毕即空。尘土树叶,莫之污也。积五十岁,岁作四祭。后但作三祭,一镬自败。

樊口之东有樊山。若天旱,以火烧山,即至大雨。今往往有验。

【注释】

①南岳:指五岳之一的衡山。灊(qián)县:县名,位于今安徽霍山东北。霍山:又名天柱山,位于霍山县西北。

【译文】

汉武帝将南岳衡山的祭祀改迁到庐江郡灊县的霍山上,山上没有水。庙子里有四口大锅,可以盛四十斛水。到祭祀时,锅里的水总能自己斟满,足够祭祀用,祭祀完锅内就空了。尘土树叶都不能弄脏它。这样,祭祀一共用了五十年,每年都祭四次。后来只祭三次,一只锅便自行坏了。

樊口的东边有一座樊山。倘若天旱,只要用火烧山,马上就会下大雨。如今往往还这样灵验。

空桑①之地,今名为孔窦,在鲁南山之穴。外有双石,如桓楹起立,高数丈。鲁人弦歌祭祀。穴中无水,每当祭时,洒扫以告,辄有清泉自石间出,足以周事。既已,泉亦止。其验至今存焉。

湘穴中有黑土②,岁大旱,人则共壅水以塞此穴,穴淹则大雨立至。

【注释】

①空桑:指孔子出生之地。

②湘穴中有黑土:据《太平御览》,应作"湘东新平县有一龙穴"。

【译文】

空桑这个地方,现在叫孔窦,它位于鲁国南山的洞穴中。洞外有一对石头,就像天子、诸侯安葬时下棺的大柱竖立着,有几丈高。鲁国人就在这里弹唱祭祀。洞里没有水,但每当祭祀时,人们洒水扫地后祷告,就有清泉从石缝中流出来,足够祭祀用。祭祀完后,泉水也就停止了。这种应验现在还存在。

湘东郡新平县的一个洞穴中有黑土,一年大旱,人们便一起堵塞水道来灌溉这洞穴,洞穴一被淹,大雨就倾盆而至。

秦惠王①二十七年,使张仪②筑成都城,屡颓。忽有大龟浮于江,至东子城东南隅而毙。仪以问巫,巫曰:"依龟筑之。"便就。故名"龟化城"。

由拳县,秦时长水县也。始皇时童谣曰:"城门有血,城当陷没为湖。"有妪闻之,朝朝往窥。门将欲缚之。妪言其故。后门将以犬血涂门,妪见血,便走去。忽有大水欲没县。主簿令干入白令。令曰:"何忽作鱼?"干曰:"明府亦作鱼。"遂沦为湖。

【注释】
①秦惠王:战国时秦国国君。
②张仪:战国时秦国丞相,以"连衡"说著称。

【译文】
秦惠王二十七年,派张仪修建成都城,城墙几次都倒塌。突然一只大乌龟浮出江面,漂到东面内城的东南角便死了。张仪为此询问巫祝,巫祝说:"依照乌龟的路线来筑城。"于是张仪便筑好了城墙,因而这城被称为"龟化城"。

由拳县是秦朝时的长水县。秦始皇时有童谣说:"城门有血,城会陷没成湖。"一位妇女听了歌谣后,天天早晨去查看。守卫想要抓捕她,她就讲了来的原因。后来守卫把狗血涂在了城门上,妇女看到血,便离开了。突然,洪水涌来要淹没县城,主簿便派遣主管府吏去县衙报告县令。县令说:"你怎么突然变成了鱼?"主管说:"你也变成了鱼。"于是县城便沦陷成了湖。

秦时筑城于武周塞①内,以备胡。城将成而崩者数焉。有马驰走,周旋反复。父老异之,因依马迹以筑城,城乃不崩,遂名马邑②。其故城今在朔州。

汉武帝凿昆明池③,极深,悉是灰墨,无复土。举朝不解,以问东方朔。朔曰:"臣愚,不足以知之。曰试问西域人。"帝以朔不知,难以移问。至后汉明帝④时,西域道人入来洛阳。时有忆方朔言者,乃试以武帝时灰墨问之。道人云:"经云:'天地大劫将尽则劫烧。'此劫烧之余也。"乃知朔言有旨。

【注释】

①武周塞:又名武州塞,古要塞名。

②马邑:县名,位于今山西朔州。

③昆明池:长安古水池。

④明帝:东汉皇帝。

【译文】

秦朝时,在武周塞里面筑城,用来防御匈奴入侵。城快筑成时却有好几处坍塌了。这时一匹马飞奔着不断绕圈子。老百姓都觉得很奇怪,便按照马跑的脚印来修城,城墙就不再坍塌了,于是这城被称为马邑。那故城在今天的朔州。

汉武帝挖昆明池,挖得非常深,挖出的全是灰墨,不再有土。满朝文武都不能解释,汉武帝便询问东方朔。东方朔说:"我很笨,还不足够知道原因。皇上可以去问一下西域人。"汉武帝认为东方朔都不知道,就很难再来问别人了。到汉明帝时,西域僧人到了洛阳。当时有人想起了东方朔的话,就试着用汉武帝时出现灰墨的事来问他。那僧人说:"佛经说:'天地在大劫将结束时,就会有毁掉世界的大火焚烧。'这灰墨是劫火烧后留下来的灰烬。"人们这才知道东方朔的话是有深意的。

土蜂名曰蜾蠃①,今世谓蜩蠓②,细腰之类。其为物,纯雄而无雌,不交不产,常取桑虫或阜螽子育之,则皆化成己子。亦或谓之螟蛉。《诗》曰:"螟蛉有子,果蠃负之。"是也。

木蠹生虫,羽化为蝶。

猬多刺,故不使超逾杨柳。

【注释】

①螺蠃:即细腰蜂。

②蜾蠃(yīn yōng):螺蠃的别名。

【译文】

有一种土蜂叫作螺蠃,如今人们称它为蜾蠃,是一种细腰蜂。作为一种昆虫,它只有雄性而无雌性,不交配也不生育。它经常取来天牛的幼虫或螟的幼虫抚养,然后就都变成了它自己的幼虫。也有人将天牛幼虫称作螟蛉。《诗经》说:"螟蛉有子,果蠃负之。"说的就是它。

木头被蛀了就生出虫子,虫子长出翅膀就变成了蝴蝶。

刺猬多刺,因而不让它超越杨柳。

昆仑①之墟,地首也。是惟帝之下都,故其外绝以弱水之深,又环以炎火之山。山上有鸟兽草木,皆生育滋长于炎火之中,故有火浣布。非此山草木之皮枲,则其鸟兽之毛也。汉世西域旧献此布,中间久绝。至魏初时,人疑其无有。文帝②以为火性酷裂,无含生之气,著之《典论》③,明其不然之事,绝智者之听。及明帝立,诏三公曰:"先帝昔著《典论》,不朽之格言,其刊石于庙门之外及太学,与石经并,以永示来世。"至是西域使人献火浣布袈裟,于是刊灭此论,而天下笑之。

夫金之性一也,以五月丙午日中铸,为阳燧④;以十一月壬子夜半铸,为阴燧⑤。

【注释】

①昆仑:神话传说中的仙山。

②文帝:魏文帝曹丕。

③《典论》:曹丕所作文学评论,五卷,原书已失传。其中《论文》一篇尚全。

④阳燧:古代从太阳光取火的器具。

⑤阴燧:古代在月下取水的器具。

【译文】

昆仑山上的土丘是大地之首,是天帝设在凡间的都城,因而它的外围用很深的弱水来隔绝,又用火焰山环绕着。火焰山上有鸟兽草木,都在火焰中繁衍生息,因而那里有一种火浣布,它不是用山上的草木纤维所织成,就是用山上的鸟兽之毛所织成。汉朝时,西域曾贡献过这种布,之后很长一段时间却绝迹了。因而到曹魏初年,人们怀疑这种布并不存在。魏文帝认为火性猛烈,不含生命的元气,就将这东西写进了《典论》,说明这是不可能存在的事,以此杜绝有学识人的传闻。到魏明帝即位后,给三公下诏书说:"先帝曾经写的《典论》,都是不朽的格言,应该刻在太庙门外及太学的石碑上,和石经一起永远昭示后代。"这时,西域派人进献了用火浣布做的袈裟,于是就删除了《典论》中的相关论述,而天下的人都嘲笑这件事。

金的性质是相同的。但在五月丙午日的中午铸造,便锻造为阳燧;在十一月壬子日的半夜铸造,便锻造为阴燧。

汉灵帝时,陈留蔡邕①,以数上书陈奏,忤上旨意,又内宠②恶之,虑不免,乃亡命江海,远迹吴会。至吴,吴人有烧桐以爨者,邕闻火烈声,曰:"此良材也。"因请之,削以为琴,果有美音。而其尾焦,因名焦尾琴。

蔡邕尝至柯亭③,以竹为椽。邕仰眄之,曰:"良竹也。"取以为笛,发声辽亮。一云邕告吴人曰:"吾昔尝经会稽高迁亭,见屋东间第十六竹椽,可为笛。取用,果有异声。"

【注释】

①蔡邕:东汉文学家。
②内宠:指得宠的宦官。
③柯亭:位于今浙江绍兴西南柯桥镇上。

【译文】

汉灵帝时,陈留郡的蔡邕,由于多次上书进言,违背皇帝的旨意,又由于遭到宠臣宦官的痛恨,担心不免要遭到毒害,就流亡江湖,足迹达到了吴郡、会稽郡。他到了吴郡时,吴郡人烧桐木做饭,蔡邕听到桐木猛烈燃烧的声音,便说:"真是块好木料啊!"于是请求把桐木给他,他将这段桐木制成琴,果然能奏出优美动听的声音。但琴尾已烧焦了,因而取名为焦尾琴。

蔡邕曾到达了柯亭,那里的人们都用竹子做椽。蔡邕抬头细看竹椽,说:"真是好竹子啊!"便将其做成笛子,吹奏起来声音嘹亮。另一种说法是,蔡邕告诉吴郡的人:"我以前路过会稽郡高迁亭,看见房子东头第十六根竹椽可以用来做笛,便拿下来做成笛子,果然能吹出优美的声音。"

卷十四

昔高阳氏①,有同产而为夫妇,帝放之于崆峒②之野,相抱而死。神鸟以不死草覆之,七年,男女同体而生,二头,四手足,是为蒙双氏。

【注释】
①高阳氏:即上古帝王颛顼。
②崆峒(kōng tóng):山名。

【译文】
以前高阳氏之时,有两个为一母所生的人结为了夫妻,颛顼帝将他们流放到了崆峒山边的原野上,两人拥抱着死了。神鸟用不死草盖住他们,七年过后,这对男女从同一个身体上长出来,又活了。他们有两个头,四只手,四只脚,这就是蒙双氏。

高辛氏①,有老妇人居于王宫,得耳疾历时。医为挑治,出顶虫②,大如茧。妇人去后,置以瓠蓠③,覆之以盘,俄尔顶虫乃化为犬,其文五色,因名"盘瓠",遂畜之。时戎吴强盛,数侵边境。遣将征讨,不能擒胜。乃募天下有能得戎吴将军首者,购金千斤,封邑万户,又赐以少女。后盘瓠衔得一头,将造王阙。王诊视之,即是戎吴。为之奈何?群臣皆曰:"盘瓠是畜,不可官秩,又不可妻。虽有功,无施也。"少女闻之,启王曰:"大王既以我许天下矣。盘瓠衔首而来,为国除害,此天命使然,岂狗之智力哉?王者重言,伯者重信,不可以女子微躯,而负明约于天下,国之祸也。"王惧而从之。令少女从盘瓠。盘瓠将女上南山,草木茂盛,无人行迹。于是女解去衣裳,为仆竖④之结,着独力⑤之衣,随盘瓠升山入谷,止于石室之中。王悲思之,遣往视觅,天辄风雨,岭震云晦,往者莫至。盖经三年,产六男,六女。盘瓠死后,自相配偶,因为夫妇。织绩木皮,染以草实,好五色衣服,裁制皆有尾形。后母归,以语王,王遣使迎诸男女,天不复雨。衣服褊裢⑥,言语侏僂⑦,饮食蹲踞,好山恶都。王顺其意,赐以名山广泽,号曰蛮夷。蛮夷者,外痴内黠,安土重旧,以其受异气于天命,故待以不常之律。田作贾贩,无关繻⑧、符传⑨、租税之赋,有邑君长,皆赐印绶。冠用獭皮,取其游食于水。今即梁、汉、巴、蜀、武陵、长沙、庐江郡夷是也。用糁杂鱼肉,叩槽而号,以祭盘瓠,其俗至今。故世称"赤髀横裙,盘瓠子孙"。

【注释】

①高辛氏:即上古帝王帝喾。

②顶虫:传说中的"金虫"。

③瓠篱(hù lí):剖开葫芦而成的瓢一类的器具。

④仆竖:意为"布盖项髻"。

⑤独力:意为"备换衣服"。

⑥褊裢(biǎn lián):指色彩错杂鲜艳。

⑦侏僂(lí):指语言很难听懂。

⑧关繻:一种出入关隘的通行证。

⑨符传:传达命令或调兵遣将的凭证。

【译文】

高辛氏时有位老妇人,住在王宫,她患耳病有一段时间了。医生为她诊治,挑出一只金虫,蚕茧大小。这老妇人离开后,医生把虫放在瓠瓢中,用盘子盖住,不久金虫就变成了一条狗,身上有五彩斑斓的花纹,因此称它为"盘瓠",并饲养它。当时戎吴部落很强盛,多次侵犯边境,君王就派遣将军去征讨,但总不能取胜。于是就向全国招募能取得戎吴将军首级的人,便悬赏一千斤金,封城邑万户,还把君王的小女儿嫁给他。后来盘瓠衔了一颗人头,送到了王宫门外。国王仔细一看,正是戎吴将军的首级。怎么处理这件事呢?大臣们都说:"盘瓠是牲畜,不能封它做官,也不能让它娶妻。它虽有功劳,也不要奖赏。"帝王的小女儿听说后,禀告帝王说：" 大王已将我许诺给了天下。如今盘瓠衔着头来了，为国家除了祸害，这是上天让它成功的，哪里只是狗的智慧和力量？称王的人一诺千金，称霸的人讲究信用，你不能因为女儿我轻贱的身躯，而在天下人面前违背誓约，这会给国家带来灾祸啊。"帝王感到害怕，就听从了她，便让小女儿跟着盘瓠。盘瓠带着帝王女儿上了南山，山上草木茂盛，人迹罕至。于是女儿用布包盖头发挽成发髻，又带上备换的衣服，跟随盘瓠爬高山进深谷，最后安居在石洞中。帝王悲伤地想念女儿，就派人前去看望寻觅，但总是刮风下雨，山岭震动，乌云密布，去的人没有谁能到达。大概过了三年，帝王的女儿生了男孩和女孩各六个。盘瓠死后，六对儿女互相结为夫妻。他们用树皮纺织，用草籽染色，喜欢穿五颜六色的衣服，并且裁剪的衣服都有尾巴。后来，他们的母亲回去了，告诉了君王一切，君王便派使者去迎接他们，天也不再下雨了。这些人衣服色彩多样，说话含混难辨，吃喝时总是蹲着，喜欢山野而讨厌都市。君王顺从了他们的意思，赐给他们名山大川，称他们为蛮夷。叫蛮夷人，外表呆头呆脑，实际上却十分聪慧机敏，他们安于乡土风俗，看重旧习俗。他们从上天禀受了特别的气质，因此，君王用特殊的法律来对待他们。他们种田经商，出入关隘都不需要帛制凭证、符节和租税，部落首领都赐给印信绶带。他们的帽子用獭皮做成，取的是他们像水獭一样在江河中觅食的意思。如今梁州、汉中郡、巴郡、蜀郡、武陵郡、长沙郡和庐江郡的蛮夷，都像这样。他们混合米饭鱼肉，敲着木槽叫喊，用这种方式祭祀盘瓠，这种风俗一直流传至今。因此，今天的人还说："露大腿，穿短裙，就是盘瓠的子孙。"

后汉定襄①太守窦奉妻生子武，并生一蛇。奉送蛇于野中。及武长大，有海内俊名。母死将葬，未窆，宾客聚集，有大蛇从林草中出，径来棺下，委地俯仰，以头击棺。血涕并流，状若哀恸。有顷而去。时人知为窦氏之祥。

【注释】
①定襄：郡名，位于今内蒙古和林格尔西北土城子。

【译文】
东汉定襄郡太守窦奉的妻子产下了儿子窦武，同时又生下了一条蛇，窦奉便将蛇放到了田野里。等窦武长大后,在国内美名远播。他母亲死后将埋葬,但棺材还没放入墓穴时,宾客们都聚集了起来。突然一条大蛇从树林草丛中爬了出来,径直到达了棺材下,趴在地上不停地点头敲击那棺材,鲜血和眼泪一起流了出来,样子十分哀痛。一会儿过后它便爬走了。当时的人知道这是窦家的祥瑞之兆。

晋怀帝永嘉中,有韩媪者,于野中见巨卵,持归育之,得婴儿,字曰撅儿。方四岁,刘渊筑平阳①城不就,募能城者。撅儿应募,因变为蛇,令媪遗灰志其后。谓媪曰:"凭灰筑城,城可立就。"竟如所言。渊怪之,遂投入山穴间,露尾数寸,使者斩之,忽有泉出穴中,汇为池,因名"金龙池"。

元帝永昌②中,暨阳③人任谷,因耕息于树下。忽有一人,著羽衣,就淫之。既而不知所在。谷遂有妊。积月,将产,羽衣人复来,以刀穿其阴下,出一蛇子,便去。谷遂成宦者,诣阙自陈,留于宫中。

【注释】
①平阳:邑名,位于今山西临汾西南。
②永昌:晋元帝年号。
③暨阳:县名,位于今江苏江阴市东南长寿镇南。

【译文】
晋怀帝永嘉年间,一位姓韩的老太婆在田野中发现了一个大卵,就拿它回家孵化,于是获得了一个婴儿,取名为撅儿。撅儿四岁时,刘渊修筑平阳城一直不成功,于是招募能筑城的人。撅儿应募,他就变成了蛇,他叫韩老太婆跟在他的后面撒上灰作为标记,并告诉韩老太婆:"在撒灰之处筑城,城可以立即筑成。"结果如他所言,城便筑好了。刘渊感到很奇怪,于是派人把它扔进了山洞,蛇的尾还露出了几寸,派去的人便斩断了尾巴,突然一股泉水从洞中流了出来,汇成了一座水池,人们称其为"金龙池"。

晋元帝永昌年间,暨阳县人任谷,干活后在树下休息。突然一个穿着羽衣的人,走过来奸污了任谷。不久又不知道这人去了哪里,任谷便怀孕了。妊期满后将要分娩,那穿羽衣的人又来了,他用刀穿破了任谷的下阴,取出了一条小蛇便离开了。任谷于是成了阉人,到宫中陈述了他的情况,就被留在了宫中。

羿①请无死之药于西王母,嫦娥窃之以奔月。将往,枚筮之于有黄。有黄占之曰:"吉。翩翩归妹,独将西行。逢天晦芒,毋恐毋惊,后且大昌。"嫦娥遂托身于月,是为蟾蜍②。

舌堁山③,帝之女死,化为怪草,其叶郁茂,其华黄色,其实如兔丝。故服怪草者,恒媚于人焉。

【注释】

①羿:即后羿,夏王朝第六任国君,嫦娥的丈夫,以善射著称。

②蟾蜍:即蟾蛤。

③舌堁(duǒ)山:神话中的仙山。

【译文】

后羿从西王母那里求得了不死的仙药,嫦娥偷吃了药飞奔到了月亮,她即将动身时,去巫婆有黄那里占卜。有黄占卦后说:"卦象吉利。轻快地飞翔的归妹,独自将往西方奔去。遇上天色阴暗,不要惊慌恐惧,以后将会无限昌盛。"嫦娥于是住在了月亮上。她就成了月亮上的蟾蛤。

在舌堁山,赤帝的女儿死了,变成了怪草,它的叶子十分茂盛,它的花是黄色的,它的果实如菟丝子。因而服用怪草的人,往往更妩媚。

荥阳县南百余里,有兰岩山,峭拔千丈。常有双鹤,素羽皦然,日夕偶影翔集。相传云:"昔有夫妇隐此山数百年,化为双鹤,不绝往来。忽一旦,一鹤为人所害,其一鹤岁常哀鸣。至今响动岩谷,莫知其年岁也。"

【译文】

荥阳县城南边一百多里处,有一座兰岩山,峻峭挺拔,高达千丈。山上曾有一对鹤,羽毛雪白洁净明亮,时而飞翔,时而栖息,总是形影不离。人们相互传播道:"曾经有对夫妻在这座山中隐居了几百年,后来幻化为一对白鹤,在山上不断飞翔。突然有一天,一只鹤被人杀了,剩下的那只终年哀叫不断。直到现在那鹤鸣的回声还回荡山谷,没人知道它到底叫了多少年。"

豫章新喻县①男子,见田中有六七女,皆衣毛衣,不知是鸟。匍匐往,得其一女所解毛衣,取藏之,即往就诸鸟。诸鸟各飞去,一鸟独不得去,男子取以为妇,生三女。其母后使女问父,知衣在积稻下,得之,衣而飞去。后复以迎三女,女亦得飞去。

汉灵帝时,江夏黄氏之母浴盘水②中,久而不起,变为鼋矣。婢惊走告。比家人来,鼋转入深渊。其后时时出见。初浴簪一银钗,犹在其首。于是黄氏累世不敢食鼋肉。

【注释】

①新喻县:县名,三国吴置。
②盘水:水名,位于湖北房县南。

【译文】

豫章郡新喻县有个男子,看见有六七个女子在田间,都穿着羽衣。他不知道她们都是鸟,就慢慢爬了过去,拿来其中一个女子脱下的羽衣,把它收藏了。接下来就走近那些鸟。鸟儿便各自飞跑了,只有一只鸟不能飞。这男子就娶她为妻,他们一共生了三个女儿。她后来叫女儿去询问父亲,才知道衣服藏在了稻垛下,她找到衣服后穿上就飞跑了。不久以后,她又来迎接三个女儿,女儿们也跟着飞走了。

汉灵帝时,江夏郡黄氏的母亲在盘水里洗澡,很长时间也没出来,结果变成了一只鳖。婢女们惊慌失措、奔走相告,但等到家人赶来时,鳖已经潜入深水潭了。后来它又常常出现,曾经洗澡时的一根银钗,还插在它头上。于是黄氏世代都不敢吃鳖肉。

魏黄初①中,清河②宋士宗母,夏天于浴室里浴,遣家中大小悉出,独在室中良久。家人不解其意,于壁穿中窥之,不见人体,见盆水中有一大鳖。遂开户,大小悉入,了不与人相承。尝先著银钗,犹在头上。相与守之啼泣,无可奈何。意欲求去,永不可留。视之积日,转懈。自捉出户外,其去甚驶,逐之不及,遂便入水。后数日,忽还。巡行宅舍如平生,了无所言而去。时人谓士宗应行丧治服,士宗以母形虽变,而生理尚存,竟不治丧。此与江夏黄母相似。

【注释】

①黄初:魏文帝年号。

②清河:郡名,位于今山东临清东。

【译文】

曹魏黄初年间,清河郡宋士宗的母亲,一年夏天在浴室里洗澡时,打发走了家里的大人小孩。她独自一人待在浴室里很长时间。家人不知道她的用意,就通过墙洞偷看她,大家看不见人体,只看到了一只大鳖在浴盆里洗澡。于是家人就打开了这浴室的门,全部进去了,但那只大鳖接不了他们的话。她洗澡前戴的银钗,还插在头上。家人都守护在她的周围啼哭,一点办法也没有。那大鳖的意思是想出去,再也不可留下了。大家看护了她好几天,便逐渐放松了一点,她于是趁机溜了出去。她跑得非常快,家人都追不上,于是她便跳进了河。几天过后,她突然回来了,像平时一样巡视了家中房屋,什么也没说就走了。当时的人劝宋士宗应为她行丧服孝,宋士宗却认为母亲形体虽然变了,但生命还存在,因而最终也没为她办理丧事。这件事与江夏郡黄氏的母亲相似。

吴孙皓宝鼎元年六月晦,丹阳宣骞母,年八十矣,亦因洗浴,化为鼋。其状如黄氏。骞兄弟四人闭户卫之。掘堂上作大坎,泻水其中。鼋入坎游戏,一二日间,恒延颈外望。伺户小开,便轮转自跃入于深渊。遂不复还。

【译文】

吴国孙皓宝鼎元年六月的最后一天,丹阳郡宣骞的母亲满八十了,也因洗澡而变成了鳖。她的情况与黄氏的母亲相同。宣骞兄弟四人关上了门保卫她,还在厅堂上挖出了一个大坑,倒上水。这只鳖爬入坑里玩耍,一两天之内,常常伸着脖子往外眺望。等到门稍稍开了一点,她就像车轮一样滚出了门,纵身一跃进入了深水潭。于是便不再回家了。

汉献帝建安中,东郡民家有怪。无故瓮器自发,訇訇作声,若有人击;盘案①在前,忽然便失;鸡生子,辄失去。如是数岁,人甚恶之。乃多作美食,覆盖,著一室中,阴藏户间窥伺之。果复重来,发声如前。闻,便闭户,周旋室中,了无所见。乃暗以杖挝之。良久,于室隅间有所中。便闻呻吟之声曰:"唷,唷,宜死。"开户视之,得一老翁,可百余岁,言语了不相当,貌状颇类于兽。遂行推问,乃于数里外得其家,云:"失来十余年。"得之哀喜。后岁余,复失之。闻陈留界复有怪如此,时人咸以为此翁。

【注释】

①盘案:古代餐饮所用木盘。

【译文】

汉献帝建安年间,东郡的一位百姓家有怪事发生。无缘无故一只瓮会自行震动,发出铿铿之声,就像有人在敲击;盘子和案桌本放在面前,突然就不见了;鸡生蛋后,总是丢失。像这样好几年,家人十分厌恶这些事。于是就准备了很多好吃的,盖好放在一个房间里,并悄悄地潜伏在门背后偷偷观望。那怪物果然又出现了,还发出以前那样的声音。听见这声音,潜伏的人就马上关上了门,但在房间里转来转去,什么也没看见。于是这人在暗中用棍子乱打一通,很久过后,才在墙角边有什么东西被打着了,便听见呻吟的声音:"哎哟,哎哟,要死人了!"开门一看,才发现是个老头,一百多岁了,但言语和形貌一点儿也不相称,容貌很像野兽。于是就去询问,便在几里外找到了他的家,他家人说:"他已经失散了十多年。"家人找到他后又悲又喜。一年多过后,又找不到他了。听说陈留郡的边界上又出现这样的怪物,当时的人都认为就是这个老头。

卷十五

秦始皇时,有王道平,长安人也。少时,与同村人唐叔偕女,小名父喻,容色俱美,誓为夫妇。寻王道平被差征伐,落堕南国,九年不归。父母见女长成,即聘与刘祥为妻。女与道平言誓甚重,不肯改事。父母逼迫,不免,出嫁刘祥。经三年,忽忽不乐,常思道平,忿怨之深,悒悒而死。死经三年,平还家,乃诘邻人:"此女安在?"邻人云:"此女意在于君,被父母凌逼,嫁与刘祥。今已死矣。"平问:"墓在何处?"邻人引往墓所。平悲号哽咽,三呼女名,绕墓悲苦,不能自止。平乃祝曰:"我与汝立誓天地,保其终身。岂料官有牵缠,致令乖隔,使汝父母与刘祥;既不契于初心,生死永诀。然汝有灵圣,使我见汝生平之面。若无神灵,从兹而别。"言讫,又复哀泣。逡巡,其女魂自墓出,问平:"何处而来?良久契阔。与君誓为夫妇,以结终身,父母强逼,乃出聘刘祥。已经三年,日夕忆君,结恨致死,乖隔幽途。然念君宿念不忘,再求相慰,妾身未损,可以再生,还为夫妇。且速开冢破棺,出我即活。"平审言,乃启墓门,扪看其女,果活。乃结束随平还家。其夫刘祥闻之惊怪,申诉于州县。检律断之,无条,乃录状奏王。王断归道平为妻。寿一百三十岁。实谓精诚贯于天地,而获感应如此。

【译文】

秦始皇时,有个王道平,是长安人。他少年时曾和本村人唐叔偕的女儿立誓结为夫妻。那女儿小名叫父喻,容貌和姿色都很美。不久,王道平被征召去打仗,流落南方,九年都回不了家。父喻的父母见女儿已长大成人,就把她许配给刘祥,女儿由于和王道平立的誓言很坚定,因而不肯改嫁。父母逼迫她,她无法逃避,因而就嫁给了刘祥。过了三年,她整天失意、闷闷不乐,常常想念王道平,内心愁怨极深,于是便忧郁地死了。父喻死后三年,王道平回到了家,就问邻居:"父喻在哪里?"邻居说:"她的心在你身上,但由于遭到父母的威逼,只好嫁给了刘祥。现在已经死了。"王道平问:"她的坟墓在哪里?"邻居便带王道平去了墓地。王道平失声痛哭,不断念叨着姑娘的名字,绕着坟墓哀痛,无法自已。王道平祝福说:"我们曾对天地发誓,要终身在一起。哪料到被公家的事缠身,以致我们两地相分,让你父母把你嫁给了刘祥。现在既不合我们最初的心意,又使我们生死永别了。倘若你有神灵的话,就让我再见一见你生前的容貌吧。倘若你没有神灵,从此就永别了。"说完,他又悲哀地啜泣。一会儿,父喻的魂从坟墓中出来问他:"你从哪里来?我们分别了很久。我曾和你立誓结为夫妇,相守一辈子。后来受父母强迫,我才改嫁给了刘祥,有三年了。我对你日思夜想,以至于怨愤郁结而死,阴阳相隔。但我感念你不忘旧情,再来求我的安慰,所以我要告诉你,我的身体并未损坏,可以复活,再和你结为夫妻。你赶紧挖开坟墓,撬开棺材,放我出来就活了。"王道平细心听了后,就打开棺材,抚摸并望着父喻,她果然活了,于是便打扮好跟随王道平回家了。她的丈夫刘祥听了这事后非常惊讶,便去州县衙门申诉,想要回父喻。州县官员依法断案,却没有相应的条文,便将这情况上奏皇上。皇上把父喻断给了王道平做妻子。他活到一百三十岁。这确实是真心诚意感动了天地,才获得这样的报答啊。

晋武帝①世,河间郡有男女私悦,许相配适。寻而男从军,积年不归。女家更欲适之。女不愿行,父母逼之,不得已而去。寻病死。其男戍还,问女所在,其家具说之。乃至冢,欲哭之尽哀,而不胜其情,遂发冢,开棺,女即苏活。因负还家,将养数日,平复如初。后夫闻,乃往求之。其人不还,曰:"卿妇已死,天下岂闻死人可复活耶?此天赐我,非卿妇也。"于是相讼。郡县不能决,以谳廷尉。秘书郎②王导奏:"以精诚之至,感于天地,故死而更生。此非常事,不得以常礼断之。请还开冢者。"朝廷从其议。

【注释】

①晋武帝：应为晋惠帝司马衷。
②秘书郎：官名，主要职责是掌管图书典籍。

【译文】

晋惠帝时，河间郡的一对男女私底下相爱，约定以后结为夫妻。不久男孩参军了，多年都没回家，女家想改嫁女儿。女儿却不肯，父母便逼迫她，她没有办法只好改嫁了，不久便生病而死。她的男人参军回来后，问姑娘在哪里，他家人就告诉了他事情的经过。于是他便去了姑娘的坟前，想大哭一场来倾诉悲哀，但仍然表达不尽他的情意。于是他挖开坟墓揭开棺材，这姑娘马上就活了过来，他便背了她回家。调养几天后，这姑娘又恢复如初。她的后夫听说后，就去要求姑娘回家。那男人不肯，并告诉他说："你妻子已经死了，天下哪有死而复活的人呢？她是上天恩赐给我的女人，不是你妻子。"于是两人去打官司。郡县的官吏都不知如何判决，就把它上交给廷尉审理。秘书郎王导上奏说："由于这男子极为精诚，感动了天地，因而这姑娘才死而复生。这件事非比寻常，不能用常法来断案。我请求将这姑娘断给挖开坟墓的男子。"朝廷听从了王导的意见。

汉献帝建安中，南阳贾偶，字文合，得病而亡。时有吏将诣太山，司命①阅簿，谓吏曰："当召某郡文合，何以召此人？可速遣之。"时日暮，遂至郭外树下宿。见一年少女独行，文合问曰："子类衣冠②，何乃徒步？姓字为谁？"女曰："某三河③人，父见为弋阳④令，昨被召来，今却得还。遇日暮，惧获瓜田李下之讥。望君之容，必是贤者，是以停留，依凭左右。"文合曰："悦子之心，愿交欢于今夕。"女曰："闻之诸姑，女子以贞专为德，洁白为称。"文合反复与言，终无动志。天明，各去。文合卒已再宿，停丧将殓，视其面，有色，扪心下，稍温。少顷，却苏。后文合欲验其实，遂至弋阳，修刺谒令，因问曰："君女宁卒而却苏耶？"具说女子姿质服色、言语相反覆本末。令人问女，所言皆同。乃大惊叹，竟以此女配文合焉。

【注释】

①司命：泰山府君属下掌管人间生死的官吏。
②衣冠：指士大夫。
③三河：汉代时河东、河内、河南三郡一带。
④弋阳：县名，位于今河南潢川西。

【译文】

　　汉献帝建安年间，南阳郡人氏贾偶，字文合，生病死了。当时有个阴间小吏带他的魂到了泰山，判官查看生死簿后告诉小吏说："应该拿来另一郡的文合，为何是这个人？赶紧送他回去！"这时候天已黑，贾文合的魂于是就到城外的树下过夜。这时他看到一位年轻的女子独自赶路，贾文合便问她："你是大户人家的姑娘，为什么步行？你姓甚名谁？"姑娘说："我是三河人，父亲现在担任弋阳县令。昨天被招来，今天却又被返回了。碰上天黑，怕有瓜田李下的嫌疑。看你的样子，必定是个贤士，所以停了下来，想依靠在你身边。"贾文合说："我很高兴你这样，非常愿意今晚和你共享云雨之欢。"姑娘说："我曾听姑姑们说过，女子要把贞洁当作美德，把清白当作名誉。"贾文合反复和她调情，她始终没有动摇。天亮后，两人便各奔东西了。贾文合已经死了两夜，开丧后即将入棺了，家人看见他的脸有血色，摸摸心口，也有点温暖，不久，他就苏醒了。后来贾文合想要验证昨晚的事情是否属实，便去了弋阳县。他准备好名片，报上姓名拜谒县令，于是问县令："您女儿是不是死而复活了？"他还详细地叙述了那天所见女子的天资品德、服饰打扮以及他们谈话前前后后。县令进闺房去问女儿，女儿说的和贾文合说的完全一样。县令十分惊叹，就把女儿许配给了贾文合。

　　汉陈留考城①史姁，字威明，年少时，尝病，临死，谓母曰："我死当复生。埋我，以竹杖柱于瘗上，若杖折，掘出我。"及死埋之，柱如其言。七日往视，杖果折。即掘出之，已活，走至井上，浴，平复如故。后与邻船至下邳卖锄，不时售。云："欲归。"人不信之，曰："何有千里暂得归耶？"答曰："一宿便还。"即书，取报以为验实。一宿便还，果得报。考城令江夏鄝贾和姊病在邻里，欲急知消息，请往省之,路遥三千,再宿还报。

【注释】

①考城:县名,故治今河南民权东。

【译文】

汉代陈留郡考城县人氏史姁,字威明,他年少时曾患有重病,临死前,他对母亲说:"我死后会复活。你埋葬我时,请用一根竹竿插在我坟上,竹竿断了,就可以将我挖出来。"母亲在他死后便埋葬了他,并按他说的插上了竹竿。七天后再去看,竹竿果然断了。他母亲便挖出了他,他那时已经活了,又跑去井边洗澡,便恢复如初。后来他乘坐邻居的船去邳县卖锄具。没按时售完,却说:"要回家。"人们不相信他,说:"哪有千里迢迢来了又马上回家的呢?"他却说:"我住一夜便可返回。"大家就给家人写信要他带回信,以此为证。一夜过后,他果然回来,并带来了回信。考城县令江夏郡鄳县人氏贾和的姐姐在家乡生病了,他急需知道姐姐的病情,便请史姁去探望,考城县距离县令姐姐家乡的路程有三千里,他两夜后就返回汇报了情况。

会稽贺瑀,字彦琚,曾得疾,不知人,惟心下温,死三日,复苏。云:"吏人将上天,见官府,入曲房①,房中有层架,其上层有印,中层有剑,使瑀惟意所取。而短不及上层,取剑以出。门吏问:'何得?'云:'得剑。'曰:'恨不得印,可策百神,剑惟得使社公耳。'"疾愈,果有鬼来,称社公。

【注释】

①曲房:指密室。

【译文】

会稽郡的贺瑀,字彦琚,曾患有疾病,记不起周围人了,只有心口还留了些余温,昏迷了三天后又苏醒了。他说:"阴间的差役带我上了天,我看见那儿有一座官府,进了幽深的密室,房中设有多层架子,架子最上层是印,中层是剑,他叫我想取什么都行。但我矮小,手够不着上层,就取了一把剑出去了。看门的人问我：'拿了什么东西？'我说：'剑。'看门人说：'你没拿印真遗憾，印能够指挥百神。剑只能指挥土地神而已。'"贺瑀的病好之后，果然有一个自称是土地神的鬼来了。

戴洋字国流，吴兴长城①人。年十二，病死，五日而苏，说："死时，天使其酒藏吏②，授符箓，给吏从幡麾，将上蓬莱、昆仑、积石③、太室④、庐、衡等山。既而遣归。"妙解占候，知吴将亡，托病不仕，还乡里。行至濑乡，经老子祠，皆是洋昔死时所见使处，但不复见昔物耳。因问守藏应凤曰："去二十余年，尝有人乘马东行，经老君祠而不下马，未达桥，坠马死者否？"凤言有之。所问之事，多与洋同。

【注释】

①长城：县名，位于今浙江长兴东。
②酒藏吏：官名，主要职责是掌管官府的公酒储藏。
③积石：山名，位于甘肃临夏西北。
④太室：嵩山。

【译文】

戴洋，字国流，吴兴郡长城县人。十二岁时，他生病死了，五天后又复活了，他说："我死之时，上天让我当酒藏吏，授予我符箓，派随从跟在我的大旗后面，到达了蓬莱山、昆仑山、积石山、太室山、庐山、衡山等。然后又打发我回来了。"戴洋擅长观天象测吉凶，他知道吴国即将灭亡，便托病而不做官，回家乡了。走到濑乡，经过老子庙，原来这是戴洋以前死时所去过的地方，只是如今再也不能看到过去的东西而已。所以他就问守藏史应凤："二十多年前，曾有个人骑马向东而行，经过老子庙并未下马，还没有到桥上，就坠马而亡了。有这件事吗？"应凤说有。而应凤询问的事，也多与戴洋经历的一样。

吴临海松阳①人柳荣，从吴相张悌②至扬州。荣病死船中二日，军士已上岸，无有埋之者。忽然大叫，言："人缚军师！人缚军师！"声甚激扬。遂活。人问之，荣曰："上天北斗门下，卒见人缚张悌，意中大愕,不觉大叫言:'何以缚军师?'门下人怒荣,叱逐使去。荣便怖惧,口馀声发扬耳。"其日悌即战死。荣至晋元帝时犹存。

【注释】

①松阳:县名,位于今浙江松阳县西。
②张悌:字巨先,襄阳人。

【译文】

吴国临海郡松阳县人柳荣,跟着吴国丞相张悌到达扬州。柳荣在船上病死已经两天了,但士兵们都已上岸,没人去安葬他。他突然大叫:"有人捆绑军师!有人捆绑军师!"叫声非常激昂,于是他就复活了。别人问他究竟发生了什么事,柳荣说:"我上天来到北斗门前,忽然看见有人捆绑张悌,大吃一惊,就嚷道:'为什么捆绑军师?'那守门人对我十分生气,大声呵斥我,赶我。我就非常恐惧,而口中剩下的喊声不知不觉便扩散了出来。"那一天张悌就战死了。柳荣到晋元帝时还活着。

吴国富阳①人马势妇,姓蒋。村人应病死者,蒋辄恍惚熟眠经日,见病人死,然后省觉。觉则具说,家中人不信之。语人云:"某中病,我欲杀之,怒强魂难杀,未即死。我入其家内,架上有白米饭,几种鲑。我暂过灶下戏,婢无故犯我,我打其脊,使婢当时闷绝,久之乃苏。"其兄病,有乌衣人令杀之,向其请乞,终不下手。醒乃语兄云:"当活。"

【注释】

①富阳:县名,位于今浙江富阳市。

【译文】

吴国富阳县马势的妻子,姓蒋。村民应该病死时,蒋氏总是恍恍惚惚地想熟睡一整天。她在梦中看到病人死了,然后才醒。醒后她就告诉大家详细情况,家人都不相信。她便对别人说:"某某病了,我想杀他,愤怒而强壮的灵魂很难杀死,因而他并未立刻死去。我去了他家,他家的饭架上盛有白米饭,还有几种鱼。我暂时去灶边玩耍,他家婢女竟无缘无故冒犯我,我便打了她的脊梁,她当场便昏死过去,很久后才苏醒。"蒋氏的哥哥得病了,一位黑衣人叫她去杀哥哥,她向黑衣人求饶,才没有下毒手。她醒后便对哥哥说:"你会活的。"

羊祜①年五岁时,令乳母取所弄金镮。乳母曰:"汝先无此物。"祜即诣邻人李氏东垣桑树中探得之。主人惊曰:"此吾亡儿所失物也。云何持去!"乳母具言之。李氏悲惋。时人异之。

汉末,关中大乱,有发前汉宫人冢者,宫人犹活。既出,平复如旧。魏郭后②爱念之,录置宫内,常在左右,问汉时宫中事,说之了了,皆有次绪。郭后崩,哭泣过哀,遂死。

【注释】
①羊祜:字叔子,泰山人。晋武帝时为尚书右仆射。
②郭后:魏文帝曹丕的皇后。

【译文】
羊祜五岁时,叫奶妈去取他的玩具金镮。奶妈说:"你以前并没玩过这东西啊。"羊祜就去邻居李家东墙边的桑树中拿到了金镮。主人惊奇地说:"这是我死去的儿子丢失的东西,你为何拿走?"奶妈就陈述了情况,李家的主人听了后十分悲伤叹息,当时人都认为羊祜非同寻常。

汉朝末年,关中大乱,有人挖开西汉宫女的坟墓,宫女还活着。她走出坟墓,就恢复如初了。魏文帝的郭皇后喜欢她,就将她收留在宫中,让她留在身边侍奉,皇后问她汉宫中的事,她说得十分清楚,有头有绪。郭皇后逝世后,她因悲伤过度,也死了。

魏时,太原发冢破棺,棺中有一生妇人。将出与语,生人也。送之京师,问其本事,不知也。视其冢上树木,可三十岁。不知此妇人三十岁常生于地中耶?将一朝欻生①,偶与发冢者会也?

晋世杜锡②,字世嘏,家葬而婢误不得出。后十余年,开冢祔葬,而婢尚生。云:"其始如瞑目,有顷渐觉。"问之,自谓当一再宿耳。初婢埋时,年十五六。及开冢后,姿质如故。更生十五六年,嫁之有子。

【注释】

①欻(xū)生：忽然活过来。
②杜锡：晋名将杜预之子。

【译文】

曹魏时，在太原人们挖开坟墓打开棺材，发现其中有个活着的女人。人们将她扶出来并和她说话，确实是活人。于是便送她去了京城。人们问她以前的事情，她都不记得了。看她坟上的树木，大概有三十年了。不知道她是三十年一直活在地下呢，还是这天突然活过来，碰巧遇到了掘坟人？

晋代人氏杜锡，字世瑕，家人埋葬他时，他的一个婢女因耽搁了没能跑出坟墓。十多年过后，杜锡的妻子死了，家人挖开坟墓合葬，那婢女还活着。她说："刚开始好像闭住了眼睛，一会儿过后就渐渐苏醒了。"问她，她却说不过才一两夜而已。当初这婢女被埋时，只有十五六岁。而掘开坟墓时，她的姿色如初。又过了十五六年，她嫁人又生了儿子。

汉桓帝①冯贵人病亡。灵帝时，有盗贼发冢，七十余年，颜色如故，但肉小冷。群贼共奸通之，至斗争相杀，然后事觉。后窦太后家被诛，欲以冯贵人配食。下邳陈公②达议："以贵人虽是先帝所幸，尸体秽污，不宜配至尊。"乃以窦太后③配食。

【注释】

①汉桓帝：即刘志，东汉皇帝。
②陈公：即陈球，字伯真，下邳郡人。
③窦太后：即窦妙，东汉桓帝皇后。

【译文】

汉桓帝的冯贵妃病故了。汉灵帝时，有一些贼挖她的坟，她已经埋了七十多年，但面色如初，只是皮肤温度微冷。这些贼便一起轮奸她，直到他们互相内斗相残，这件事才东窗事发。后来窦太后一家被诛杀，想用冯贵人作为祔祭。下邳县陈球进献意见说："我认为冯贵人虽是桓帝的宠妃,但她的尸体被玷污了,不适合再与皇帝一起享受祭祀。"于是便用窦太后的尸体来做祔祭。

吴孙休时,戍将于广陵掘诸冢,取版以治城,所坏甚多。复发一大冢,内有重阁,户扇皆枢转,可开闭,四周为徼道①,通车,其高可以乘马。又铸铜人数十,长五尺,皆大冠,朱衣,执剑,侍列灵坐。皆刻铜人背后面壁,言殿中将军,或言侍郎、常侍,似公侯之冢。破其棺,棺中有人,发已斑白,衣冠鲜明,面体如生人。棺中云母②厚尺许,以白玉璧三十枚藉尸。兵人辈共举出死人,以倚冢壁。有一玉,长尺许,形似冬瓜,从死人怀中透出,堕地。两耳及孔鼻中,皆有黄金,如枣许大。

【注释】
①徼道：巡行警戒的道路。
②云母：指钾、铝、镁、铁、锂等层状结构铝硅酸盐,可入药。

【译文】
吴国孙休在位之时,守将们在广陵挖了很多坟墓,取棺材板来修筑守城,很多坟墓都被损坏了。又挖开一座大坟,里面有许多楼阁,门扇都有门枢来开关,四周是巡行警戒的道路,可以通马车,它的高度足够供人骑马。又铸了几十个铜人,五尺身,戴着大帽子,穿着红袍,手拿宝剑,侍卫排列在棺材的两边。每个铜人背后的石壁上都刻有其爵位,有的是殿中将军,有的是侍郎、常侍,就像是王侯的坟墓。撬开棺材,其中有一个人,头发花白,衣帽华丽,容貌躯体就像活人。棺材中的云母石厚约一尺,用三十枚白玉璧衬垫着。士兵们一起抬出尸体,把他靠在墓壁上。有块玉,一尺多长,像冬瓜,从死人的怀里掉了出来。死人的双耳及鼻孔中,都有枣子那么大的黄金。

汉广川王好发冢。发栾书①冢,其棺枢盟器②,悉毁烂无余。唯有一白狐,见人惊走。左右逐之,不得,戟伤其左足。是夕,王梦一丈夫，须眉尽白，来谓王曰："何故伤吾左足？"乃以杖叩王左足，王觉肿痛，即生疮。至死不差。

【注释】
①栾书：春秋时晋国大夫。
②盟器：通"明器"，即殉葬的器物。

【译文】
汉代广川王嗜好挖掘坟墓。在掘栾书的坟墓时，他的棺材器物全都毁烂了，只剩下一只白色的狐狸，看见人就惊慌地落逃了。广川王的手下去追它，没能追上，但用戟弄伤了它的左脚。这天夜里，广川王梦到了一个男人，全白的胡须眉毛，过来告诉广川王："为何刺伤我的左脚？"说完便用手杖敲打广川王的左脚。广川王醒后感到左脚肿痛，马上就长出了疮，一直到死都未痊愈。

卷十六

昔颛顼氏有三子,死而为疫鬼:一居江水,为疟鬼;一居若水,为魍魉鬼;一居人宫室,善惊人小儿,为小鬼。于是正岁命方相氏,帅肆傩①以驱疫鬼。

挽歌者,丧家之乐,执绋者相和之声也。挽歌辞有《薤露》《蒿里》②二章,汉田横门人作。横自杀,门人伤之,悲歌。言:人如薤上露,易稀灭;亦谓人死精魂归于蒿里。故有二章。

【注释】

①傩(nuó):古代腊月迎神驱疫鬼的习俗。
②《薤露》《蒿里》:古乐府名。

【译文】

从前颛顼氏生了三个儿子,死后都成了恶鬼:一个住在长江中,是疟鬼;一个住在若水中,是魍魉鬼;一个住在人们的家中,常常惊吓小孩,是小鬼。于是正月里,皇帝命令方相氏举办庙会,用"傩"来驱赶这些恶鬼。

挽歌是居丧人家的哀乐,是手拉棺绳送葬的人互相应和的歌。挽歌的歌辞有《薤露》《蒿里》两章,是汉代田横的门人所作。田横那时自杀了,门客十分悲痛,就作了这两首哀歌。歌词的大意是:人就像薤叶上的露水,容易晒干消失;又认为人死后灵魂会回归到阴间。因此,有了这两章。

阮瞻①字千里,素执无鬼论,物莫能难。每自谓此理足以辨正幽明②。忽有客通名诣瞻,寒温毕,聊谈名理。客甚有才辨。瞻与之言良久,及鬼神之事,反复甚苦。客遂屈,乃作色曰:"鬼神古今圣贤所共传,君何得独言无?即仆便是鬼。"于是变为异形,须臾消灭。瞻默然，意色太恶。岁余，病卒。

【注释】

①阮瞻：晋永嘉中为太子舍人。
②幽明：指阴阳死生之事。

【译文】

阮瞻，字千里，一向主张无鬼论，没人能驳倒他。他经常自认为这种理论足够辨别纠正生死之事。一天，突然有个客人通报姓名来拜谒阮瞻，寒暄后，就谈论起名理之学。那客人口才很好，阮瞻和他畅谈了很久，讲到鬼神的事情时，反复辩论十分激烈。最后客人理屈词穷了，脸色大变说："鬼神是古今圣贤都传扬的，你为什么偏要说没有呢？我就是个鬼。"于是客人变成了鬼形，不久便消失了。阮瞻不知道说什么，神色很不好。一年多过后，他就病死了。

吴兴①施续，为寻阳②督，能言论。有门生亦有理意，常秉无鬼论。忽有一黑衣白袷客来，与共语，遂及鬼神。移日，客辞屈，乃曰："君辞巧，理不足。仆即是鬼，何以云无？"问："鬼何以来？"答曰："受使来取君，期尽明日食时。"门生请乞，酸苦。鬼问："有人似君者否？"门生云："施续帐下都督，与仆相似。"便与俱往，与都督对坐。鬼手中出一铁凿，可尺余，安著都督头，便举椎打之。都督云："头觉微痛。"向来转剧，食顷便亡。

【注释】

①吴兴：郡名，位于今浙江吴兴南。
②寻阳：郡名，位于今湖北黄梅西南。

【译文】

吴兴郡的施续担任寻阳郡都督，善于言谈辩论。他有个门生也善于辩论，曾主张无鬼论。一天，突然有个黑衣白领的客人来和他一起谈论，便谈到了鬼神。太阳下山时，客人理屈词穷了，便说："你能言善辩，但理由不充分。我就是鬼，为什么你要说没有？"门生问："你来这里干什么？"

鬼回答说："我奉命来捉拿你,死期是明天吃饭的时候。"门生苦苦哀求。鬼便问："有没有长得像你的人?"学生说："施续手下的都督长得像我。"门生便带着鬼一起去了,和都督相对坐着。鬼拿出一把一尺多长的铁凿子,放在了都督的头上,便拿起锤子打铁凿。都督说："我感到头上有点疼。"后来疼痛加剧,一顿饭的工夫都督就死了。

温序,字公次,太原祈①人也。任护军校尉,行部至陇西②,为隗嚣将所劫,欲生降之。序大怒,以节挝杀人。贼趋欲杀序,苟宇止之曰："义士欲死节。"赐剑,令自裁。序受剑,衔须著口中,叹曰:"无令须污土。"遂伏剑死。更始怜之,送葬到洛阳城旁,为筑冢。长子寿,为邹平侯,梦序告之曰:"久客思乡。"寿即弃官,上书乞骸骨归葬,帝许之。

【注释】

①祈:当作"祁"。
②陇西:郡名,位于今甘肃临洮南。

【译文】

温序,字公次,太原郡祁县人,担任了护军校尉。一次,他巡视部属到了陇西郡,被隗嚣的属下劫持,想要活捉他。温序非常气愤,用符节击杀敌人。贼人奔上去想杀死温序,苟宇制止他们说:"义士要为气节而死。"于是赐给温序一把宝剑,让他自杀。温序接了剑,把胡须含在嘴里,叹息说:"别让我的胡须粘上了泥土。"于是就拔剑自刎而死。汉光武帝怜惜他,就将他的尸首送到洛阳城边埋葬,并给他修了坟墓。温序的大儿子温寿,被封为邹平侯。他曾梦见父亲告诉他:"我长期待在外地,非常思念家乡。"温寿便辞官上书,乞求将父亲的尸骨迁回老家,皇帝允诺了。

汉南阳文颖,字叔长,建安中为甘陵①府丞。过界止宿,夜三鼓时,梦见一人跪前曰:"昔我先人,葬我于此,水来湍墓,棺木溺,渍水处半,然无以自温。闻君在此,故来相依。欲屈明日暂住须臾,幸为相迁高燥处。"鬼披衣示颖,而皆沾湿。颖心怆然,即寤,语诸左右,曰:"梦为虚耳,亦何足怪?"颖乃还眠。向寐复梦见,谓颖曰:"我以穷苦告君,奈何不相愍悼乎?"颖梦中问曰:"子为谁?"对曰:"吾本赵人,今属汪芒②氏之神。"颖曰:"子棺今何所在?"对曰:"近在君帐北十数步,水侧枯杨树下,即是吾也。天将明,不复得见,君必念之。"颖答曰:"喏。"忽然便寤。天明可发,颖曰:"虽云梦不足怪,此何太适?"左右曰:"亦何惜须臾,不验之耶?"颖即起,率十数人将导顺水上,果得一枯杨,曰:"是矣。"掘其下,未几,果得棺。棺甚朽坏,半没水中。颖谓左右曰:"向闻于人,谓之虚矣。世俗所传,不可无验。"为移其棺,葬之而去。

【注释】

①甘陵:东汉孝德皇后葬于厝县,故称甘陵,位于今河北邢台清河南部。

②汪芒:古国名,位于今浙江德清。

【译文】

汉代南阳郡人氏文颖,字叔长,建安时期担任甘陵府丞。一次,他路过甘陵边界留下过夜,半夜三更梦到一个人跪下说:"以前我父亲将我埋在这儿,但河水流涌进了我的坟墓,我的棺材有一半泡在了水里,而我也不知道怎么才能给自己取暖。听见你来了,因而来依靠你。想委屈你明天停留一会儿,希望你把我迁葬到高爽干燥的地方。"这个鬼揭开衣裳给文颖看,确实都湿了。文颖感到很悲伤,立刻醒了过来,就把梦说给了身边的人。身边人说:"梦都是假的,有什么值得大惊小怪的?"文颖便又睡了。他睡下就梦见了这个鬼,对文颖说:"我把困苦告诉你,你怎么不哀怜我呢?"文颖问:"你是谁?"鬼回答说:"我本是赵国人,而现在属于汪芒国的神管辖。"文颖说:"你的棺材现在何处?"鬼回答说:"很近,你帐篷北面十多步,河边枯杨树下,就有我的棺材。天就快亮了,我不能再见到你了,你一定要记住这事啊。"文颖回答说:"好。"立刻又醒了。天亮后该启程了,文颖说:"虽说梦不必大惊小怪,但这个梦为什么如此清晰呢?"他身边的人说:"你为什么不花一点时间去验证一下呢?"文颖便立刻起身,带领十几个人顺着河流走,果然发现一棵枯杨树,便说:"就是这里。"于是就在杨树底下挖,一会儿工夫,果然挖出了棺材。棺材已非常腐烂,还有一半浸在水中。文颖告诉身边的人说:"昨晚你们都说梦是空的。实际上,社会上流传的都应该验证一下。"于是就迁移了鬼的棺材,埋葬后就起身赶路了。

诸仲务一女显姨,嫁为米元宗妻,产亡于家。俗闻,产亡者,以墨点面。其母不忍,仲务密自点之,无人见者。元宗为始新①县丞,梦其妻来上床,分明见新白妆面上有黑点。

晋世新蔡王昭②,平犊车③在厅事上,夜,无故自入斋室中,触壁而出。后又数闻呼噪攻击之声四面而来。昭乃聚众,设弓弩战斗之备,指声弓弩俱发,而鬼应声接矢数枚,皆倒入土中。

【注释】
①始新:县名,位于今浙江淳安西。
②新蔡王昭:指新蔡王司马昭。
③平犊车:古代的一类非载重车。

【译文】
诸仲务有个叫显姨的女儿,嫁给米元宗做妻子,难产而死在家中。当时的风俗是,难产而死的,要用墨点在脸上。她母亲不忍心点墨,诸仲务便自己悄悄去给女儿点墨,没有人看到是他做的。米元宗担任始新县丞,梦见他妻子来到床上,见她那刚用白粉补过妆的脸上有鲜明的黑点。

晋代新蔡王司马昭的小车停留在官府的正堂,夜间,车子无缘无故地自行闯入了厢房中,撞破墙后冲了出去。后来又多次听到从四面八方传来了呼喊击打的声音。司马昭便召集了很多人,准备好弓箭备战,手指拉弦一响,箭便都发射出去了,而鬼也应声挨了许多箭,都倒在了泥土中。

吴赤乌三年,句章①民杨度至余姚。夜行,有一年少,持琵琶,求寄载。度受之。鼓琵琶数十曲,曲毕,乃吐舌,擘目,以怖度而去。复行二十里许,又见一老父,自云姓王名戒。因复载之。谓曰:"鬼工鼓琵琶,甚哀。"戒曰:"我亦能鼓。"即是向鬼。复擘眼吐舌,度怖几死。

【注释】
①句(gōu)章:县名,位于今浙江余姚东南。

【译文】
吴国赤乌三年,句章县人氏杨度来到了余姚。他晚上行路,遇到一个手持琵琶的少年请求搭车,杨度便载了他。那少年弹了几十支琵琶曲后,便吐舌头、瞪眼睛来吓唬杨度,然后就走了。又行了约二十里路,杨度又看到一位老人,自称姓王名戒。杨度又载了他,还告诉老伯说:"鬼擅长弹琵琶,弹的曲子很悲哀。"王戒说:"我也会。"原来他就是刚刚的那个鬼,又吐舌瞪眼,杨度差一点被吓死。

琅琊秦巨伯,年六十,尝夜行饮酒,道经蓬山庙,忽见其两孙迎之。扶持百余步,便捉伯颈着地,骂:"老奴,汝某日捶我,我今当杀汝。"伯思惟某时信捶此孙。伯乃佯死,乃置伯去。伯归家,欲治两孙。两孙惊愕,叩头言:"为子孙宁可有此?恐是鬼魅,乞更试之。"伯意悟。数日,乃诈醉,行此庙间。复见两孙来,扶持伯。伯乃急持,鬼动作不得。达家,乃是两人也。伯着火炙之,腹背俱焦坼。出着庭中,夜皆亡去。伯恨不得杀之。后月余,又佯酒醉夜行,怀刃以去,家不知也。极夜不还,其孙恐又为此鬼所困,乃俱往迎伯,伯竟刺杀之。

【译文】
琅邪郡人氏秦巨伯,年已六十,曾在夜间去喝酒,途经蓬山庙时,突然看到两个孙子走来迎接他。但才搀扶着他行了一百多步,便掐着他的脖子压倒在地上,骂道:"老奴才!你某天毒打了我,我今天要杀了你!"秦巨伯仔细回想那天的确打过他。秦巨伯便装死,他们便扔下秦巨伯离开了。秦巨伯回到家里,想惩罚孙子。他们又惊又难过,磕头说:"子孙哪会做这种事呢?恐怕是鬼怪作祟,求你再去试试。"秦巨伯明白了。几天后,他又假装喝醉了,到了这座庙前。又看到两个孙子来扶他。秦巨伯连忙抓住他们,鬼不能动弹。回家一看,却是两个庙中木偶人。秦巨伯就用火烤它们,它们的腹背部都被烧焦开裂了,然后把它们扔在院中,半夜它们便都逃跑了。秦巨伯后悔没能杀死它们。过了一个多月,秦巨伯疵里又假装喝醉了酒外出,他藏着刀离开,家人却不知道。夜深了他还没回家,孙子担心他又被那鬼魅困住,便一起去迎接秦巨伯,秦巨伯竟然把他们刺死了。

  陇西辛道度者,游学至雍州①城四五里,比见一大宅,有青衣女子在门。度诣门下求飧②。女子入告秦女,女命召入。度趋入阁中,秦女于西榻而坐。度称姓名,叙起居,既毕,命东榻而坐。即治饮馔。食讫,女谓度曰:"我秦闵王女,出聘曹国,不幸无夫而亡。亡来已二十三年,独居此宅。今日君来,愿为夫妇。"经三宿三日后,女即自言曰:"君是生人,我鬼也。共君宿契,此会可三宵,不可久居,当有祸矣。然兹信宿,未悉绸缪,既已分飞,将何表信于郎?"即命取床后盒子开之,取金枕一枚,与度为信。乃分袂泣别,即遣青衣送出门外。未逾数步,不见舍宇,惟有一冢。度当时荒忙出走,视其金枕在怀,乃无异变。寻至秦国,以枕于市货之。恰遇秦妃东游,亲见度卖金枕,疑而索看,诘度何处得来?度具以告。妃闻,悲泣不能自胜。然尚疑耳。乃遣人发冢,启柩视之,原葬悉在,唯不见枕。解体看之,交情宛若,秦妃始信之。叹曰:"我女大圣,死经二十三年,犹能与生人交往,此是我真女婿也。"遂封度为驸马都尉③,赐金帛车马,令还本国。因此以来,后人名女婿为"驸马"。今之国婿,亦为驸马矣。

【注释】

①雍州:古代九州之一。
②飧(sūn):晚餐食物。
③驸马都尉:古代官职之一。汉武帝时始置,主要职责是掌副车之马。驸马,后世专指皇帝的女婿。

【译文】

陇西郡有个叫辛道度,求学来到了雍州城。他在离城还有四五里路的地方,看到了一座大宅子,一位青衣婢女守在门口。辛道度便去门前请求施舍饭。婢女进去禀告了秦姑娘,秦姑娘便叫婢女请辛道度进来。辛道度小步走进阁楼,秦姑娘坐在西边的床榻上。辛道度说了姓名,请了安,寒暄完,秦姑娘便让他坐到东边的床榻上。接着又备好酒菜一起进食。饭毕,秦姑娘告诉辛道度:"我是秦闵王的女儿,被许配给了曹国,不幸还没成婚就死了。到如今已有二十三年了,一个人在这里居住。今天你来了,希望能和你做夫妻。"过了三夜三天,秦姑娘便主动对辛道度说:"你是活人,而我是鬼。虽然我们早有缘分,但这种相会只可持续三夜,你不能再待了,否则,便会有祸害。但是相逢短暂,还没能尽情了却我们缠绵情意,既然就要分离了,我拿什么做信物呢?"说完当即便让婢女打开了床后的盒子,取出金枕,送给了辛道度。秦姑娘于是哭着分别,又派婢女把他送出门外。辛道度刚走几步,这房屋就消失了,只剩一座坟墓。辛道度当时急着逃跑,看看那金枕在怀里倒还没什么变化。不久他便到了秦国,于是就在集市贩卖这金枕。恰巧碰到秦妃来东方游玩,亲眼看见辛道度在卖金枕,心有疑虑,便要来仔细察看,并追问辛道度是从哪里得到的,辛道度详细叙述了这件事。秦妃听了后,不胜悲哀,哭了起来。但是她还有点怀疑,于是派人去挖坟墓,打开棺材一看,原来的陪葬物品都在,只是金枕消失了。解开衣服查看秦姑娘的身体,行夫妻礼的痕迹历历在目,秦妃这才相信了。她感慨道:"我女儿真神通,死了二十三年,还能和活人来往,这辛道度真是我女婿啊。"于是便封他为驸马都尉,赐他金帛车马,还带他回国。此后,人们便把女婿称为驸马。如今帝王的女婿,也称为驸马。

汉谈生者,年四十,无妇,常感激读《诗经》。夜半,有女子年可十五六,姿颜服饰,天下无双,来就生,为夫妇。之言曰:"我与人不同,勿以火照我也。三年之后,方可照耳。"与为夫妇。生一儿,已二岁,不能忍,夜伺其寝后,盗照视之。其腰已上,生肉如人,腰已下,但有枯骨。妇觉,遂言曰:"君负我。我垂生矣,何不能忍一岁而竟相照也?"生辞谢。涕泣不可复止,云:"与君虽大义永离,然顾念我儿,若贫不能自偕活者,暂随我去,方遗君物。"生随之去,入华堂室宇,器物不凡,以一珠袍与之,曰:"可以自给。"裂取生衣裾,留之而去。后生持袍诣市,睢阳王①家买之,得钱千万。王识之曰:"是我女袍,那得在市?此必发冢。"乃取拷之。生具以实对,王犹不信。乃视女冢,冢完如故。发视之,棺盖下果得衣裾。呼其儿视,正类王女。王乃信之。即召谈生,复赐遗之,以为女婿。表其儿为郎中②。

【注释】

①睢阳王:汉所封诸侯王。睢阳,即梁国。
②郎中:官名。始于战国。隋唐到清,朝廷各部均设郎中,是帝王的侍从官,为司的长官。

【译文】

汉朝有个叫谈生的人,将近四十还没有娶妻,往往心有感慨激动而诵读《诗经》。一天半夜,有个十五六岁的姑娘,体态容貌和穿衣打扮,没有谁能和她相比,主动来到谈生身边,和他做夫妻。那姑娘说:"我和人不一样,你不能用火照我。三年后,才能够照一下罢了。"谈生便和她做了夫妻。后来他们生了个儿子,有两岁了。谈生实在受不了了,晚上等妻子睡熟以后,便偷偷地用烛火照她。只见她的腰部以上,和人一样,腰部以下,却只剩下枯骨。妻子被弄醒了,说:"你辜负了我。我快复活了,你为何不能再忍耐一年,竟这时候来照我?"谈生赶紧道歉。他妻子不禁痛哭流涕,对谈生说:"虽然和你永远断绝了夫妻关系,但我顾念我们的儿子,若你穷得养不活他,就暂且随我走一趟,我要送一些东西给你。"谈生跟随妻子走进了一间华丽的堂屋,里面的器物都十分奇异,他妻子送了一件珠宝长袍给他,说:"可以用它来养活你。"谈生撕了一片衣襟留下,便走了。后来谈生拿着这珠袍去集市贩卖,睢阳王的家人买下了它,谈生获得了成千上万的钱。睢阳王认识那珠袍,便说:"这是我女儿的,怎么会在市场上出现呢?肯定是谁挖了我女儿的坟。"于是他就抓了谈生来拷问。谈生一一陈述了实情。睢阳王还不信。于是便去察看女儿的坟,那坟还是像原来一样完好无损。掘开坟墓一看,棺材里果然有谈生的衣襟。又找来谈生的儿子细看,也正像自己的女儿。睢阳王这才信服了谈生,便召见他,又把女儿的珠袍送给了他,认他做女婿。还上书朝廷推荐谈生的儿子做郎中。

后汉时,汝南汝阳①西门亭有鬼魅。宾客止宿,辄有死亡。其厉厌者,皆亡发失精。寻问其故,云:"先时颇已有怪物。其后郡侍奉掾宜禄②郑奇来,去亭六七里,有一端正妇人,乞寄载。奇初难之,然后上车。入亭,趋至楼下。亭卒白:'楼不可上。'奇云:'吾不恐也。'时亦昏冥,遂上楼,与妇人栖宿。未明发去。亭卒上楼扫除,见一死妇,大惊,走白亭长。亭长击鼓,会诸庐吏共集诊之。乃亭西北八里吴氏妇。新亡,夜临殡火灭,及火至,失之。其家即持去。奇发行数里,腹痛,到南顿③利阳亭加剧物故。楼遂无敢复上。"

【注释】

①汝南:郡名。汝阳:县名。
②郡侍奉掾:官名,协助郡守处理日常事务。宜禄:县名。
③南顿:县名。

【译文】

东汉时,汝南郡汝阳县西门亭出现了鬼魅。宾客在亭楼留宿时,总有人死亡。被恶鬼杀害的人,都落了头发,遗精而死。查询个中缘故,当地人说:"从前这里也常出现鬼怪。后来汝南郡的侍奉掾宜禄县人郑奇来了,离亭六七里时,突然有个打扮妖艳的妇女请求搭车。郑奇开始不同意,然后就让她上了车。他们到了亭中,便马上赶到楼下。守亭士兵说:'这楼不能上。'郑奇说:'我不怕。'当时天色已暗,于是郑奇便上了楼,和这妇女睡了。天还没亮,郑奇便起身走了。守兵上楼打扫,竟发现了一具女尸,他十分恐惧,便去报告亭长。亭长马上敲鼓,召集了所有的差役一起去查看。原来是亭西北八里处的吴家媳妇,刚死,昨夜快下葬了,火烛却熄了,等到点好火烛,尸体便消失了。现在找到了尸体,吴家的人就赶紧抬走了。郑奇动身赶了几里路,小腹疼痛,走到南顿县利阳亭时,腹痛加剧,就死了。此后便没人再敢上这楼了。"

颍川钟繇①,字元常,尝数月不朝会,意性异常。或问其故,云:"常有好妇来,美丽非凡。"问者曰:"必是鬼物,可杀之。"妇人后往,不即前,止户外。繇问:"何以?"曰:"公有相杀意。"繇曰:"无此。"勤勤呼之,乃入。繇意恨,有不忍之,然犹斫之,伤髀。妇人即出,以新绵拭,血竟路。明日,使人寻迹之,至一大冢。木中有好妇人,形体如生人。着白练衫,丹绣裲裆。伤左髀,以裲裆中绵拭血。

【注释】
①钟繇:字元常,颍川长社人。三国时曹魏书法家、政治家。
②裲裆:即背心。

【译文】
颍川郡的钟繇,字元常,曾几个月不上早朝,他的神色气质有异常。有人问他为什么这样,他说:"最近经常有个美女来我这里,非常漂亮。"问他的人说:"她一定是个鬼,你可以杀了她。"那美女又来了,却不立刻走到钟繇面前,而在门外驻足。钟繇问她:"你为何不进来?"那美女说:"因为你有杀我的念头。"钟繇说:"根本没有。"便殷勤地叫她,她这才进屋。钟繇十分痛恨她,却又于心不忍,但还是砍了她一刀,砍伤了大腿。这美女立刻跑出门,用新棉花止血,鲜血滴满了她经过的路。第二天,钟繇派人根据血迹找她,便到达了一座大坟前。棺材中的女人十分漂亮,像活人一样,穿着白丝绸衫、红绣花背心,左大腿被砍伤了,但用背心中的棉絮止了鲜血。

卷十七

陈国①张汉直,到南阳,从京兆尹延叔坚学《左氏传》②。行后数月,鬼物持其妹,为之扬言曰:"我病死,丧在陌上,常苦饥寒。操二三量不借③,挂屋后楮上;傅子方送我五百钱,在北墉下,皆忘取之。又买李幼一头牛,本券在书箧中。"往索取之,悉如其言。妇尚不知有此。妹新从婿家来,非其所及。家人哀伤,益以为审。父母诸弟,衰绖④到来迎丧,去舍数里,遇汉直与诸生十余人相追。汉直顾见家人,怪其如此。家见汉直,谓其鬼也,怅惘良久。汉直乃前为父拜,说其本末,且悲且喜。凡所闻见,若此非一,得知妖物之为。

【注释】
①陈国:春秋战国时的诸侯国。
②《左氏传》:即《左氏春秋传》,我国现存第一部叙事详细的编年体史书。
③量:通"緉",即"双",计量鞋的量词。不借:指粗制的麻鞋。
④衰绖(cuī dié):丧服。

【译文】
陈国的张汉直去了南阳郡,师从京兆尹延叔坚学习《左传》。他走了几个月后,妖怪上了他妹妹的身,通过他妹妹的口说:"我病死在路上,魂儿经常遭受饥饿与寒冷。以前我打好的两三双麻鞋,在屋后的楮树上挂着;傅子方送给我五百文钱,放在了北墙下。我忘了拿这些东西。还有我向李幼买的牛,凭证在书箱里。"大家去找,和他妹妹说的一样。连他妻子都不知道有这些东西。他妹妹刚从丈夫家里回来,张汉直碰不上。因而家人非常悲伤,更加认为张汉直是死了。于是父母兄弟,都穿丧服去接丧。离学府几里远，他们却碰上张汉直和十几个同学在一起。张汉直看见了家人，对他们穿成这样很奇怪。家人见到张汉直，认为他是鬼，惆怅迷惘了很久。张汉直便前去向父亲行礼。他向父亲详细说了事情的经过，父子俩又悲又喜。我所听到和看到的事情，像这样的并非只有一件，因而我才晓得这是妖怪在作祟。

汉陈留外黄①范丹，字史云，少为尉从佐使，檄谒督邮②。丹有志节，自恚③为厮役小吏，乃于陈留大泽中，杀所乘马，捐弃官帻，诈逢劫者。有神下其家曰："我史云也。为劫人所杀。疾取我衣于陈留大泽中。"家取得一帻。丹遂之南郡，转入三辅，从英贤游学，十三年乃归，家人不复识焉。陈留人高其志行，及没，号曰贞节先生。

【注释】

①外黄：县名，位于今河南民权西北。

②督邮：官名，位轻权重，掌管传达教令，督察属吏，案验刑狱，检核非法等。

③恚：怨恨。

【译文】

汉朝陈留郡外黄县人氏范丹，字史云，年少时曾担任尉从佐使，给督邮送文书。范丹有志气，他对自己只能当小吏感惭愧，于是便在陈留郡的大泽中，杀了他的坐骑，扔掉了官帽，假装遭到了抢劫。有个神灵来到他家，告诉他家人说："我是史云，被强盗所杀。你们赶紧去陈留郡的大泽中替我收衣服。"家人去了，拿到了一块头巾。范丹于是去了南郡，又辗转到了京畿，向精英贤良们求学，十三年后才归家，家人都不认识他了。陈留郡的人们由于推崇他的志气德行，在他死后，叫他贞节先生。

吴人费季，久客于楚。时道多劫，妻常忧之。季与同辈旅宿庐山①下，各相问出家几时。季曰："吾去家已数年矣。临来，与妻别，就求金钗以行，欲观其志，当与吾否耳。得钗，乃以著户楣上。临发，失与道。此钗故当在户上也。"尔夕，其妻梦季曰："吾行遇盗，死已二年。若不信吾言,吾行时,取汝钗,遂不以行,留在户楣上。可往取之。"妻觉,揣钗,得之,家遂发丧。后一年余,季乃归还。

【注释】
①庐山:我国名山,位于江西省北部的鄱阳湖盆地。

【译文】
　　吴国人费季客居楚国已很久了。当时路途中常有抢劫事件发生,妻子常常担忧他。费季和同伴在庐山下留宿,每人都相互问离家时长。费季说:"我已离家多年了。临走时,我和妻子道别,向她要了一枚金钗才起身,我只想试一下,看她是否会送给我。我拿到金钗后,就把它放在了门楣上。临走时,我忘了告诉她。这金钗肯定还在那里。"这天夜里,他妻子梦见费季说:"我在路上遇到强盗,已经死了两年了。若你不信,我走时拿了你的金钗,并没带走,而是把它放在了门楣上,你可以去取它。"他妻子醒来,摸到了金钗,家人便相信费季的确死了,便给他办了丧事。一年多以后,费季却回来了。

　　余姚虞定国,有好仪容。同县苏氏女,亦有美色。定国常见,悦之。后见定国来,主人留宿,中夜,告苏公曰:"贤女令色,意甚钦之。此夕能令暂出否?"主人以其乡里贵人,便令女出从之。往来渐数,语苏公云:"无以相报。若有官事,某为君任之。"主人喜。自尔后,有役召事,往造定国。定国大惊,曰:"都未尝面命,何由便尔?此必有异。"具说之。定国曰:"仆宁肯请人之父而淫人之女?若复见来,便当斫之。"后果得怪。

【译文】
　　余姚县人氏虞定国,仪表非凡。同县苏家的女儿,也十分漂亮。虞定国曾见过她,喜欢上了她。后来苏家看到虞定国来了,主人便留宿他。半夜时,虞定国告诉苏公:"您女儿十分漂亮,我心中十分仰慕她。今晚是否能请她出来一下?"由于虞定国是当地贵人,主人便叫女儿出来陪他。于是虞定国和苏家往来渐渐频繁,他对苏公说:"我没什么可来报答你。倘若官府有什么公差,我愿意替您承担。"主人听后十分高兴。此后,有个差役征召苏家主人去服役,主人便去找虞定国。虞定国非常惊讶,说:"我们素未谋面,你为何会这样?其中必有怪异。"苏家主人详细地陈述了事情。虞定国说:"我怎么会乞求别人的父亲奸淫别人的女儿?倘若你再看到他来,就该杀了他。"后来苏公果然抓住了妖怪。

魏黄初中,顿丘①界有人骑马夜行,见道中有一物,大如兔,两眼如镜,跳跃马前,令不得前。人遂惊惧,堕马。魅便就地捉之,惊怖,暴死,良久得苏。苏,已失魅,不知所在。乃更上马,前行数里,逢一人,相问讯已,因说:"向者事变如此,今相得为伴,甚欢。"人曰:"我独行,得君为伴,快不可言。君马行疾,且前,我在后相随也。"遂共行。语曰:"向者物何如?乃令君怖惧耶?"对曰:"其身如兔,两眼如镜,形甚可恶。"伴曰:"试顾视我耶?"人顾视之,犹复是也。魅便跳上马,人遂坠地,怖死。家人怪马独归,即行推索,乃于道边得之。宿昔乃苏,说状如是。

【注释】

①顿丘:县名,位于今河南清丰西南。

【译文】

曹魏文帝黄初年间,顿丘县边境上一个人夜间骑马赶路,看到道路中有个东西,大如兔子,两只眼睛明如镜子,忽然跳到马的前面,使马停了下来。这人十分惊讶,便摔下了马。鬼魅便捉住了他,这人又惊又怕,立刻昏死过去了。很久以后,他才苏醒,鬼魅已经离开了,不知去了哪里。他于是又骑上马,向前行了几里,遇到一个人,互相问候后他便说:"刚刚我碰到了这种怪事,现在能与你相伴,真高兴啊。"那人说:"我独自赶路,有你做伴,快乐得无以言表。你的马跑得快,就在前面带路,我跟着你。"于是他们便结伴而行。那人问他:"刚才那怪物如何?吓着你了吗?"他回答说:"那怪物身体像兔子,两眼像镜子,形状十分可怕。"这伙伴说:"你想回头看我吗?"他回头一看,又是那怪物。那怪物便跳上马,这人便摔下马,吓昏过去了。家人对这马独自回来感到奇怪,便去寻找,才在路边找到了他。这人一夜后才苏醒,他说的就是这样。

袁绍①,字本初,在冀州。有神出河东,号度朔君,百姓共为立庙。庙有主簿,大福。陈留蔡庸为清河太守,过谒庙。有子名道,亡已三十年。度朔君为庸设酒,曰:"贵子昔来,欲相见。"须臾,子来。度朔君自云父祖昔作兖州。有一士姓苏,母病,往祷。主簿云:"君逢天士留待。"闻西北有鼓声,而君至。须臾,一客来,著皂角单衣,头上五色毛,长数寸。去后,复一人,著白布单衣,高冠,冠似鱼头,谓君曰:"昔临庐山,共食白李,忆之未久,已三千岁。日月易得,使人怅然。"去后,君谓士曰:"先来南海君也。"士是书生,君明通五经②,善《礼记》,与士论礼,士不如也。士乞救母病。君曰:"卿所居东有故桥,坏久之。此桥所行,卿母犯之。卿能复桥,便差。"

曹公讨袁谭,使人从庙换千匹绢,君不与。曹公遣张郃③毁庙。未至百里,君遣兵数万,方道而来。郃未达二里,云雾绕郃军,不知庙处。君语主簿:"曹公气盛,宜避之。"后苏并邻家有神下,识君声,云:"昔移入湖,阔绝三年。"乃遣人与曹公相闻:"欲修故庙,地衰不中居,欲寄住。"公曰:"甚善。"治城北楼以居之。数日,曹公猎,得物,大如麂,大足,色白如雪,毛软滑可爱。公以摩面,莫能名也。夜闻楼上哭云:"小儿出行不还。"公拊掌曰:"此物合衰也。"晨将数百犬,绕楼下,犬得气,冲突内外。见有物大如驴,自投楼下,犬杀之,庙神乃绝。

【注释】

①袁绍:字本初,东汉末年群雄之一,后被曹操打败。
②五经:儒家的五种经典,指《易》《书》《诗》《礼》《春秋》。
③张郃:字俊乂,三国时期魏国名将。

【译文】

袁绍,字本初,他据守冀州。有神灵在河东郡出现,号称度朔君,百姓替他修建了祭祀的庙宇。庙中设有主簿,祭祀的人很多,香火十分盛。陈留郡的蔡庸担任清河郡太守,来这庙宇祭祀。他有个儿子叫蔡道,已经死了三十年。度朔君给蔡庸设酒席款待他,并说:"你的儿子先前来过,他想见你一面。"不久,蔡道就来了。度朔君自称他的先辈曾住在兖州。有个读书人姓苏,母亲得病了,他就来庙中祈祷。主簿说:"度朔君正在会见天神,请等一下。"突然听见西北方鼓声阵阵,接着度朔君便来了。一会儿,有个客人进来,身穿黑单衣,头插几寸长的五彩羽毛。这客人走后,又来了一个,身穿白单衣,头戴高帽,帽子像鱼头。他告诉度朔君:"以前去庐山一起吃白李,回想起来也没多久,却有三千年了。时间真快啊,使人怅惘。"这人走了后,度朔君对苏姓的人说:"刚刚来的是南海王。"苏士是读书人,而度朔君通晓五经,特别熟悉《礼记》,因而与苏士讨论起礼仪来,苏士赶不上他。苏士求度朔君医治好母亲的病,度朔君说:"你家东面有座旧桥,坏了很久了。这座桥神,你母亲曾侵犯过它。倘若你能修好桥,那你母亲的病就会好的。"

曹操征讨袁谭,派人去庙中借绸缎一千匹,度朔君不肯给。曹操便派张郃来摧毁庙子。离庙还有约一百里,度朔君便派了神兵几万,一起赶来。张郃离庙宇还有二里路,便有云雾遮住了张郃的军队,他们不知道庙宇在哪儿。度朔君告诉主簿:"曹操气势很盛,应该避开他。"后来苏家的邻居家有神灵到来,听出了是度朔君的声音,度朔君:"以前我移居到匈奴那里去了,和你们分别已有三年。"度朔君便派人禀告曹操:"我想修缮旧庙,但那块土地已衰败得不适合住了,我想住到别处。"曹操说:"非常好。"于是就在城北修筑了楼房让度朔君住。几天过后,曹操去打猎,猎得一个鹿一样大的怪物,大脚,白得像雪,皮毛柔软令人喜爱,曹操用这皮毛擦脸,舒服得无以言表。那天晚上,曹操听到楼上有人哭着说:"小孩外出还不回。"曹操拍手说道:"这怪物说这种话,真该衰败了。"早晨他便带来了几百条狗围住了这座楼。狗发现了气味,便到处跑去寻找,只见一个怪物,驴一样大,自己跳下楼,狗便咬死了它,庙里的神灵此后便消失了。

临川陈臣家大富。永初元年,臣在斋中坐,其宅内有一町筋竹①,白日忽见一人,长丈余,面如方相②,从竹中出,径语陈臣:"我在家多年,汝不知,今辞汝去,当令汝知之。"去一月许日,家大失火,奴婢顿死。一年中,便大贫。

【注释】

①町(tǐng):田地。筋竹:一种高大的竹。

②方相:古代神话中一种逐疫驱鬼之神。

【译文】

临川郡人氏陈臣家庭富裕。永初元年,陈臣坐在书房里,他住宅里有一片筋竹林,白天时突然看到一个人,一丈多长,脸如驱疫辟邪的方相神,从筋竹林里径直走了出来,对陈臣说:"我在你家多年,你一直不知道,今天就要离开你了,应该让你知道。"这人走后一月左右的某天,陈家失火,奴婢顿时都被烧死了。一年不到,陈臣家便十分贫穷了。

东莱有一家姓陈,家百余口。朝炊,釜①不沸。举甑看之,忽有一白头公,从釜中出。便诣师卜。卜云:"此大怪,应灭门。便归,大作械。械成,使置门壁下,坚闭门在内,有马骑麾②盖来扣门者,慎勿应。"乃归,合手伐得百余械,置门屋下。果有人至,呼不应。主帅大怒,令缘门入。从人窥门内,见大小械百余。出门还说如此。帅大惶惋,语左右云:"教速来,不速来,遂无一人当去,何以解罪也?从此北行,可八十里,有一百三口,取以当之。"后十日,此家死亡都尽。此家亦姓陈云。

【注释】

①釜:古代一种炊器。

②麾(huī):古代一种做指挥用的旌旗。

【译文】

东莱郡的一家陈姓人,全家共有一百多口人。一天烧早饭时,老是烧不开锅。取下蒸笼一看,突然有个白头老人从中走了出来。于是陈家的人便去巫师那儿占卜。巫师说:"这是件大怪事,你们全家都活不了。你们快回家,多做一些兵器,做成后,将其放在大门边的墙壁下,紧闭大门,都躲在家中,有骑马乘车的来敲门,千万别出声。"于是他们便回到家中,一起动手做了一百多件兵器,放在门厅中。后来果然有人在门外大声呼唤,但里面无人应答。那主帅非常愤怒,让部下从门口闯了进去。随从看了一下门里边,看见有一百多件兵器,就出门汇报给了主帅,主帅听后十分恐慌,对随从说:"让你们快点来,你们却不,所以一个也抓不到了,我们拿什么去请罪?从这里向北走约八十里,有家一百零三口的人家,去抓他们来相抵吧。"十天过后,这北边的全家都死光了。听说这一家也姓陈。

晋惠帝永康元年,京师得异鸟,莫能名。赵王伦使人持出,周旋城邑市以问人。即日,宫西有一小儿见之,遂自言曰:"服留鸟。"持者还白伦。伦使更求,又见之,乃将入宫。密笼鸟,并闭小儿于户中。明日往视,悉不复见。

南康郡南东望山,有三人入山,见山顶有果树。众果毕植,行列整齐如人行。甘子正熟。三人共食,致饱,乃怀二枚,欲出示人。闻空中语云:"催放双甘,乃听汝去。"

秦瞻居曲阿①彭皇野,忽有物如蛇,突入其脑中。蛇来,先闻臭气,便于鼻中入,盘其头中,觉哄哄,仅闻其脑间食声哑哑。数日而出去,寻复来。取手巾缚鼻口,亦被入。积年无他病,唯患头重。

【注释】

①曲阿:又名丹阳,秦统一天下后,更名为曲阿县。

【译文】

晋惠帝永康元年,京城里捉住了一只奇异的鸟,没人知道它的名称。赵王司马伦派人拿出了这只鸟,徘徊在城内街市上,见人便问。当天,皇宫西边有个小孩见到这只鸟,便自言自语地说:"是服留鸟。"拿鸟的人回去禀告了赵王。赵王派他再去寻找,又见到了那个小孩,就带他进了皇宫。赵王把鸟关在笼子里,又把这个小孩关在门内。明天又去看,却全都消失了。

南康郡南部有一座东望山,曾有三个人上了山,见到山顶有棵果树,便爬了上去。只见种有各种果树,排列十分整齐,就像队伍一样。这时柑子正成熟,三个人便都吃了个够,还藏了两只在怀中,想出山后给其他人看。听到空中有人说:"放下那两只柑子,你们才能离开。"

秦瞻住在曲阿县彭皇野外的一处地方,突然有个东西像蛇一样,钻进了他的脑里。这条蛇刚来时,先闻了一下气味,接着便钻进了秦瞻的鼻孔,最后在他的头颅中盘绕,他便感到头脑乱哄哄的,只听见那蛇发出咂咂咂的吃食声。几天过后,蛇便钻出来爬走了。不久蛇又来了,秦瞻马上用手巾缚住鼻子和嘴,但蛇仍然钻进去了。这样了好几年也没出现其他毛病,只是觉得头很重。

卷十八

魏景初中,咸阳县吏王臣家有怪,无故闻拍手相呼,伺无所见。其母夜作倦,就枕寝息。有顷,复闻灶下有呼声曰:"文约,何以不来?"头下枕应曰:"我见枕,不能往。汝可来就我饮。"至明,乃饭臿①也。即聚烧之,其怪遂绝。

【注释】

①饭臿:盛饭用具。

【译文】

曹魏景初年间,咸阳县县吏王臣家中发生了一件怪事,无缘无故地就听到了拍手呼喊声,留神一听却什么也没有。他母亲晚上做事做累了,便靠在枕头上睡觉。不久便又听见灶下有喊声:"文约,你为何不来?"她头下的枕头回答道:"我被枕住了,不能去你那里。你可以过来喝水。"天亮一看,原来是饭勺。王臣烧掉了它们,他家的怪事从此便消失了。

魏郡①张奋者,家本巨富,忽衰老,财散,遂卖宅与程应。应入居,举家病疾,转卖邻人何文。文先独持大刀,暮入北堂中梁上。至三更竟,忽有一人,长丈余,高冠,黄衣,升堂呼曰:"细腰。"细腰应喏。曰:"舍中何以有生人气也?"答曰:"无之。"便去。须臾,有一高冠青衣者;次之,又有高冠白衣者。问答并如前。及将曙,文乃下堂中,如向法呼之,问曰:"黄衣者为谁?"曰:"金也。在堂西壁下。""青衣者为谁?"曰:"钱也。在堂前井边五步。""白衣者为谁?"曰:"银也。在墙东北角柱下。""汝复为谁?"曰:"我,杵也。今在灶下。"及晓,文按次掘之,得金银五百斤,钱千万贯,仍取杵焚之。由此大富,宅遂清宁。

【注释】

①魏郡：郡名，位于今河北省南部邯郸市以南，以及河南省北部安阳市一带。

【译文】

魏郡有个人叫张奋，家里本来十分富裕，突然间人衰老了，财产也散失了，于是就将住房卖给了程应。程应搬了进去，全家都得了病，因而又转卖给邻居何文。何文先独自拿了把大刀，在傍晚时去了北面的堂屋，躲到梁上。到三更将尽之时，突然出现了一个人，一丈多高，头戴高帽，身穿黄衣，登堂叫道："细腰。"那细腰应了一声。那人又说："家里怎么有活人的气味？"细腰说："没有啊。"黄衣人便走了。不一会儿，有个戴高帽穿青衣的，接下来又有一个戴高帽穿白衣的，他们和细腰的对话都和前面一样。到快要天亮时，何文便跳下了梁，站在堂当中，像先前那三个人一样喊细腰，又问道："穿黄衣的是谁？"细腰说："是黄金。他在堂屋的西墙下。"何文又问："穿青衣的是谁？"细腰说："是铜钱。他在堂屋前井边五步远的地方。"何文又问："穿白衣的是谁？"细腰说："是银子。他在墙东北角的柱子下。"何文又问："你又是谁？"细腰说："我是木杵。如今在灶头下。"天亮后，何文依次挖掘那些地方，挖到了黄金白银五百斤，铜钱千万贯。接着烧掉了木杵。从此何文非常富裕，宅屋也就安宁清静了。

秦时，武都①故道，有怒特祠，祠上生梓树。秦文公②二十七年，使人伐之，辄有大风雨。树创随合，经日不断。文公乃益发卒，持斧者至四十人，犹不断。士疲还息，其一人伤足，不能行，卧树下，闻鬼语树神曰："劳乎攻战？"其一人曰："何足为劳。"又曰："秦公将必不休，如之何？"答曰："秦公其如予何。"又曰："秦若使三百人被发，以朱丝绕树，赭衣，灰坌伐汝，汝得不困耶？"神寂无言。明日，病人语所闻。公于是令人皆衣赭，随斫创，坌以灰。树断，中有一青牛出，走入丰水③中。其后青牛出丰水中，使骑击之，不胜。有骑堕地复上，髻解，被发，牛畏之，乃入水，不敢出。故秦自是置旄头骑④。

【注释】
①武都:地名,位于今甘肃陇南武都区一带。
②秦文公:春秋时秦国国君。
③丰水:当指丰水泉,位于甘肃西仡池山。
④旄头骑:一种以旄牛尾为装饰的骑兵。

【译文】
秦国时武都郡故道县有座怒特祠,祠堂边有一棵梓树。秦文公二十七年,派人去砍伐它,一砍便出现狂风暴雨。树上的创口随即愈合了,砍了整整一天也砍不断。秦文公便增派了士兵,有四十个拿着斧头的人,但仍然砍不断。士兵疲倦,回去休息了,其中一个人伤了脚,走不动,只好在树下躺着,他听到鬼对树神说:"战斗很累吧?"有个树神说:"哪算得上劳累啊。"鬼又说:"秦文公一定不会罢休,怎么办呢?"树神说:"秦文公能拿我怎么样呢?"鬼又说:"倘若秦文公让三百个人披着头发,用红丝线缠绕树干,穿上赤褐色的衣服,边撒灰边砍你,你能不窘困吗?"树神便沉默了。第二天,伤了脚的士兵便把听到的话讲给了秦文公听。秦文公于是让士兵都穿赤褐色衣服,一边砍树,一边往砍出的创口撒灰。树便被砍断了,一头青牛从树中跑了出来,跑进了丰水。后来青牛又从丰水里跑了出来,秦文公派骑兵去杀它,起初并未取胜。有个骑兵摔下马后又爬了上去,他的发髻散了,便披头散发去追它,青牛十分害怕,于是逃到了丰水中,不敢再出来了。由此,秦国便设置了旄头骑。

庐江龙舒县①陆亭流水边,有一大树,高数十丈,常有黄鸟②数千枚巢其上。时久旱,长老共相谓曰:"彼树常有黄气,或有神灵,可以祈雨。"因以酒脯往。亭中有寡妇李宪者,夜起,室中忽见一妇人,著绣衣,自称曰:"我树神黄祖也,能兴云雨。以汝性洁,佐汝为生。朝来父老皆欲祈雨,吾已求之于帝,明日日中大雨。"至期果雨。遂为立祠。宪曰:"诸卿在此。吾居近水,当致少鲤鱼。"言讫,有鲤鱼数十头,飞集堂下,坐者莫不惊悚。如此岁余,神曰:"将有大兵,今辞汝去。"留一玉环,曰:"持此可以避难。"后刘表、袁术相攻,龙舒之民皆徙去,唯宪里不被兵。

【注释】

①龙舒县:县名,位于今安徽舒城县。

②黄鸟:即黄雀。

【译文】

庐江郡龙舒县陆亭河边有棵大树,有几十丈高,经常有几千只黄雀在树上搭鸟巢。当时干旱已经很久了,老人们互相商量说:"那大树常常冒黄色烟气,可能会有神灵,可以向它求雨。"因此,他们便拿上酒和干肉去了。陆亭乡中有个叫李宪的寡妇,一天晚上起床,突然在房里看到一位妇女,身穿绣花衣,自称说:"我是树神黄祖,能布云降雨。由于你本性纯良,因而我来助你谋生。明天早上乡亲们都要来求雨,我已禀明了上帝,明天中午便会有大雨。"到了第二天中午,果然降雨了,于是人们便替她修建了祠堂。这树神通过李宪的口说:"各位乡亲都在这里。我住的地方靠近河流,应当送一些鲤鱼给大家吃。"说罢,便有几十条鲤鱼聚集到了祠堂下,在座的人都十分惊奇。这样过了一年多,树神对李宪说:"将有大战发生,现在我得告辞离开了。"她留给李宪一个玉环,说:"你拿着它就可以避难了。"后来刘表、袁术相互征讨,龙舒县的老百姓都迁到外地去了,只有李宪住的村子没遭受兵乱的祸害。

张华字茂先,晋惠帝时为司空。于时燕昭王①墓前有一斑狐,积年,能为变幻。乃变作一书生,欲诣张公。过问墓前华表曰:"以我才貌,可得见张司空否?"华表曰:"子之妙解,无为不可。但张公智度,恐难笼络,出必遇辱。殆不得返。非但丧子千岁之质,亦当深误老表。"狐不从,乃持刺谒华。华见其总角风流,洁白如玉,举动容止,顾盼生姿,雅重之。于是论及文章,辨校声实,华未尝闻。比复商略三史,探赜百家,谈老、庄之奥区,披《风》《雅》之绝旨,包十圣②,贯三才③,箴八儒,擿五礼,华无不应声屈滞。乃叹曰:"天下岂有此年少。若非鬼魅,则是狐狸。"乃扫榻延留,留人防护。此生乃曰:"明公当尊贤容众,嘉善而矜不能。奈何憎人学问?墨子④兼爱,其若是耶?"言卒,便求退。华已使人防门,不得出。既而又谓华曰:"公门置甲兵栏骑,当是致疑于仆也。将恐天下之人卷舌而不言,智谋之士望门而不进。深为明公惜之。"华不应,而使人防御甚严。时丰城⑤令雷焕,字孔章,博物士也,来访华。华以书生白之。孔章曰:"若疑之,何不呼猎犬试之?"乃命犬以试,竟无惮色。狐曰:"我天生才智,反以为妖,以犬试我,遮莫⑥千试万虑,其能为患乎?"华闻益怒曰:"此必真妖也。闻魑魅忌狗,所别者数百年物耳;千年老精,不能复别。惟得千年枯木照之,则形立见。"孔章曰:"千年神木,何由可得?"华曰:"世传燕昭王墓前华表木,已经千年。"乃遣人伐华表。使人欲至木所,忽空中有一青衣小儿来,问使曰:"君何来也?"使曰:"张司空有一年少来谒,多才巧辞,疑是妖魅。使我取华表照之。"青衣曰:"老狐不智,不听我言,今日祸已及我,其可逃乎?"乃发声而泣,倏然不见。使乃伐其木,血流,便将木归。燃之以照书生,乃一斑狐。华曰:"此二物不值我,千年不可复得。"乃烹之。

【注释】

① 燕昭王:战国时燕国第三十九任君王。

② 十圣:指古代尧、舜、禹、汤、文、武、周公、孔、孟等圣人。

③ 三才:即天、地、人。

④ 墨子:名翟,鲁阳人,又说鲁国人。他是战国时著名的思想家、教育家、军事家,是墨家学派的创始人,并著有《墨子》。

⑤ 丰城:县名,即今江西丰城。

⑥ 遮莫:任凭。

【译文】

张华,字茂先,晋惠帝时担任司空。当时燕昭王坟前有只花毛狐狸,修炼了很久,能够变化,于是就变成了一名书生,想去拜访张华。他去问墓前的华表说:"凭我的才华和相貌,可以去拜见张司空吗?"华表说:"你能言善辩,当然可以。只是张公的才智气度,恐怕难以掌握。你去必定会受屈辱,可能会回不来。这样,不但会失去你修炼千年的体质,也会连累我。"狐狸不听劝告,便拿着自己的名片去拜见张华。张华看他年纪轻轻,倜傥风流,肤色洁白如玉,举止从容不迫,神情优雅动人,因而非常敬重他。于是他便谈论起文章来,分别评判声名和实际的关系,张华从未听过这种评论。等到他再评论《史记》《汉书》《东观汉记》这三部史书,探求诸子百家的义理主旨,畅谈《老子》《庄子》的玄妙深义,阐释《诗经》中《风》《雅》的非凡意旨,总结圣人之道,贯通天文、地理、人事,针砭八个儒家学派的得失,挑剔五种礼法的弊端,张华无不应对迟钝,张口结舌。张华于是慨叹道:"天底下哪会有这样的少年!倘若不是鬼魅,就必定是狐狸。"于是便收拾好床榻挽留他,又安排下人防范他。这书生便说:"你应该尊贤重能,宽容百姓,嘉奖人才而同情弱者。怎能嫉贤妒能呢?墨子主张兼爱,他难道会像你这样?"说完,便要告辞。张华已派了人守门,书生出不去了。一会儿过后,他又对张华说:"你门口部署了士卒武器,该是怀疑我了吧。我担心天下人会卷起舌头不再和你谈话,有智谋的贤士望着你的家门而不敢进。我深感惋惜。"张华并未理睬他,反而叫人更严密地防守了。这时候丰城县县令雷焕,字孔章,是个知识渊博的人,来拜见张华。张华告诉了他书生的事。雷焕说:"倘若你怀疑他,为何不叫猎犬来试探一下呢?"张华便唤来猎犬试探,狐狸竟无一丝害怕的神情。狐狸说:"我天生这样的才智,你反而认为我是妖怪,用狗来试探我,任凭你殚精竭虑来试探我,难道能够伤害我吗?"张华听后愈加生气了,说:"这书生肯定是真妖怪了。听说鬼怪害怕狗,但狗只能识别几百年的怪物,而不能识别千年以上的老精怪。只有用千年的枯木照它,它才会立即显出原形。"雷焕说:"在哪里能弄到千年的神木呢?"张华说:"据说燕昭王坟前的华表木已有一千年了。"于是张华便派人去砍华表。使者快到华表木那里时,空中突然有个青衣小孩来到他们跟前,问使者说:"你来做什么?"使者说:"张司空那儿有个少年来访,学识很高,能言善辩,张司空怀疑他是妖怪,派我来砍华表木去照他。"青衣小儿说:"老狐狸不明智,不听我的,今天连累到我了,我哪能逃脱啊?"于是便放声大哭,一下子就不见了。使者于是砍了华表木,木里流出了血,他便带回了华表木。他点燃华表木来照书生,竟是一只花狐狸。张华说:"这两个怪物如果不遇见我,过一千年也发现不了。"于是他便把狐狸煮了。

后汉建安中,沛国郡陈羡为西海都尉。其部曲王灵孝无故逃去,羨欲杀之。居无何,孝复逃走。羨久不见,囚其妇,妇以实对。羨曰:"是必魅将去,当求之。"因将步骑数十,领猎犬,周旋于城外求索,果见孝于空冢中。闻人犬声,怪遂避去。羨使人扶孝以归,其形颇像狐矣。略不复与人相应,但啼呼"阿紫"。阿紫,狐字也。后十余日,乃稍稍了悟。云:"狐始来时,于屋曲角鸡栖间,作好妇形,自称'阿紫',招我。如此非一。忽然便随去,即为妻,暮辄与共还其家。遇狗不觉。"云乐无比也。道士云:"此山魅也。"《名山记》曰:"狐者,先古之淫妇也,其名曰阿紫,化而为狐。故其怪多自称'阿紫'。"

【译文】
　　后汉建安年间,沛国郡的陈羨担任西海都尉。他属下王灵孝私自逃跑,陈羨想杀了他。不久后,王灵孝又逃走了。陈羨很久也不见他回队,就关了他的妻子,这妇人如实交代了。陈羨说:"必定是妖怪带走了他,该去找一找。"于是陈羨率领几十个步兵和骑士,带着猎犬,去城外到处寻找,果然在一个墓穴中发现了王灵孝。听到人与狗的声音,那妖怪便逃走了。陈羨让人扶着王灵孝回队,他的形貌已十分像狐狸了,一点也不和人交谈,只是叫着"阿紫"。阿紫就是那狐狸的名字。十多天过后,他才逐渐醒悟过来,说:"狐狸刚来时,在屋角鸡棚处,变成了美女,说自己是'阿紫',招手叫我去。她像这样多次引诱我,我便迷迷糊糊地随她去了,她就成了我妻子,夜晚,我总是与她一起回家。那天你的狗来了我还没有醒过来。"他说在那里无比快乐。道士说:"这是山中精怪。"《名山记》说:"狐狸是古代的淫妇,她叫阿紫,死后就变成了狐狸。因而狐狸精多自称为阿紫。"

　　南阳西郊有一亭,人不可止,止则有祸。邑人宋大贤以正道自处,尝宿亭楼,夜坐鼓琴,不设兵仗。至夜半时,忽有鬼来,登梯与大贤语,眝目磋齿,形貌可恶。大贤鼓琴如故,鬼乃去。于市中取死人头来,还语大贤曰:"宁可少睡耶?"因以死人头投大贤前。大贤曰:"甚佳。我暮卧无枕,正欲得此。"鬼复去。良久乃还,曰:"宁可共手搏耶?"大贤曰:"善。"语未竟,鬼在前,大贤便逆捉其腰。鬼但急言:"死。"大贤遂杀之。明日视之,乃老狐也。自是亭舍更无妖怪。

【译文】
　　南阳郡西郊有座亭子,人不能在那里留宿,倘若留宿便会遭殃。当地人宋大贤以正道立身处世,他曾留宿在这亭楼上,晚上坐着弹琴,也没准备兵器。半夜时,突然来了一个鬼,它爬上楼梯与宋大贤交谈,瞪着眼睛,咬牙切齿,容貌非常可怕。宋大贤弹琴如故,鬼就离开了。一会儿,鬼在街市中拿了个死人头,回来对宋大贤说:"你可否稍微睡一下?"便把死人的头扔到宋大贤面前。宋大贤说:"好!我晚上没枕头睡觉,正想得到这个呢!"鬼又离开了,很久才回来,说:"我们可否赤手空拳搏斗一番?"宋大贤说:"好!"话没说完,鬼已经来到了宋大贤面前了,宋大贤便迎上去抓住它的腰。鬼只是急迫地说:"死。"宋大贤就杀了它。第二天去查看,原来是一只老狐狸。此后,这亭楼再也没有妖怪了。

　　晋有一士人,姓王,家在吴郡。还至曲阿,日暮,引船上当大埭①。见埭上有一女子,年十七八,便呼之留宿。至晓,解金铃系其臂。使人随至家,都无女人。因逼猪栏中,见母猪臂有金铃。

　　汉齐人梁文好道,其家有神祠,建室三四间,座上施皂帐,常在其中,积十数年。后因祀事,帐中忽有人语,自呼"高山君"。大能饮食,治病有验,文奉事甚肃。积数年,得进其帐中。神醉,文乃乞得奉见颜色。谓文曰:"授手来。"文纳手,得持其颐,髯须甚长。文渐绕手,卒然引之,而闻作羊声。座中惊起,助文引之,乃袁公路②家羊也。失之七八年,不知所在。杀之,乃绝。

【注释】
①埭(dài):土坝。
②袁公路:指袁术,字公路,汝南汝阳人。

【译文】

　　晋朝有个读书人姓王,家住在吴郡。一次,他回家时到了曲阿县,当时已是黄昏时分,便拉船去靠住土坝。他看见土坝上有个女子,十七八岁,便招呼她来过夜。天亮时,他解下一个金铃绑在她的胳膊上,派人根据铃声跟踪到了她家。谁知这家根本没有女人,那人于是走近猪圈,只见有一只母猪的前腿上绑有金铃。

　　汉朝齐郡人氏梁文喜欢道术。他家有座神祠,共有三四间房,神座上挂着青色的帷帐,他常常待在里面有十多年。后来由于祭祀的事去神祠,帷帐中突然有人说自己是"高山君"。那神人很能吃,治病也很灵验。梁文十分恭敬地侍奉他。几年过后,梁文被允许进入他的帷帐中。高山君喝醉了,梁文才求得用手摸他的面容。那神人告诉梁文:"伸过手来。"梁文伸了过去,可以摸到神人的下巴,发现他胡须很长。梁文逐渐把这胡须绕在手上,突然用力拉,却听见了羊的叫声。在座的人都惊讶地站了起来,帮着梁文拉神人,原来他是袁术家的一只羊。这羊失踪已有七八年,一直不知去向。大家杀了羊,神人也就不在了。

　　北平①田琰居母丧,恒处庐。向一暮,夜,忽入妇室。密怪之,曰:"君在毁灭之地,幸可不甘。"琰不听而合。后琰暂入,不与妇语。妇怪无言,并以前事责之。琰知鬼魅。临暮竟未眠,衰服挂庐。须臾,见一白狗,攫庐衔衰服,因变为人,著而入。琰随后逐之,见犬将升妇床,便打杀之。妇羞愧而死。

【注释】

① 北平:北平郡,位于今河北遵化西。

【译文】

　　北平郡的田琰替母亲守丧,一直住在母亲坟墓边的草屋中。一天晚上,他却突然走到妻子的房里。妻子便私下责备他,说:"你在母亲去世后应该悲痛,千万不可寻欢作乐。"田琰不听,只管和她交欢。后来田琰偶尔回家一次,没和妻子交谈,妻子对他不说话感到奇怪,又责备他上次的事情。田琰知道是鬼怪所为。到天黑他也没睡着,便将丧服挂在草屋中。

一会儿,他看到了一条白狗,用脚爪勾来丧服用口衔着,就变成了人,接着又穿好丧服去了他妻子的房间。田琰跟着追赶它,看到狗即将爬到妻子床时,就打死了它。他妻子于是羞愧而死。

司空南阳来季德停丧在殡①,忽然见形坐祭床上,颜色服饰声气,熟是也。孙儿妇女,以次教戒,事有条贯。鞭朴奴婢,皆得其过。饮食既绝,辞诀而去。家人大小,哀割断绝。如是数年。家益厌苦。其后饮酒过多,醉而形露,但得老狗,便共打杀。因推问之,则里中沽酒家狗也。

山阳②王瑚,字孟琏,为东海兰陵尉③。夜半时,辄有黑帻白单衣吏诣县叩阁。迎之,则忽然不见。如是数年。后伺之,见一老狗,黑头白躯犹故,至阁,便为人。以白孟琏,杀之乃绝。

【注释】

①停丧在殡:即殓而待葬。

②山阳:汉置,晋改为高平国,位于今山东金乡。

③尉:官名,指县的军事长官。

【译文】

司空南阳郡人氏来季德入棺了等着下葬,突然又现出了原形坐在祭床上。他的面色服装声音,还像往常一样。孙儿媳妇,他依次教导戒慰,吩咐的事情都条理清晰。他鞭打奴婢,也都能说出她们的罪过。吃喝完后,他便告辞走了。全家老少,悲恸欲绝。这样过了几年,家人逐渐感到十分讨厌了。后来他喝酒喝醉了后,现出了原形,原来是一条老狗,大家便一起打死了它。接着大家去访查狗的来历,原来就是同村卖酒人的狗。

山阳郡人氏王瑚,字孟琏,担任东海郡兰陵县尉。半夜时,总有头戴黑巾身穿白单衣的小吏到县府敲门。王瑚开门接他,却又突然消失了。这样过了好几年。后来王瑚派人私下查巡,只见一条老狗,仍像过去一样是黑头白身,一到县府变成了人。派出的人禀报了王瑚,王瑚就杀了它,于是敲门的事也就再也没发生了。

安阳①城南有一亭,夜不可宿,宿辄杀人。书生明术数②,乃过宿之。亭民曰:"此不可宿。前后宿此,未有活者。"书生曰:"无苦也。吾自能谐。"遂住廨舍③。乃端坐诵书,良久乃休。夜半后,有一人,着皂单衣,来往户外,呼亭主,亭主应诺。"见亭中有人耶?"答曰:"向者有一书生,在此读书。适休,似未寝。"乃喑嗟而去。须臾,复有一人,冠赤帻者,呼亭主,问答如前,复喑嗟而去。既去寂然。书生知无来者,即起诣向者呼处,效呼亭主。亭主亦应诺。复云:"亭中有人耶?"亭主答如前。乃问曰:"向黑衣来者谁?"曰:"北舍母猪也。"又曰:"冠赤帻来者谁?"曰:"西舍老雄鸡父也。"曰:"汝复谁耶?"曰:"我是老蝎也。"于是书生密便诵书至明,不敢寐。天明,亭民来视,惊曰:"君何得独活?"书生曰:"促索剑来,吾与卿取魅。"乃握剑至昨夜应处,果得老蝎,大如琵琶,毒长数尺。西舍得老雄鸡父,北舍得老母猪。凡杀三物,亭毒遂静,永无灾横。

【注释】

①安阳:县名,即今河南安阳。
②术数:古代一种方术,用以推算未来、趋吉避凶。
③廨(xiè)舍:指官署的客舍。

【译文】

安阳城南有座亭馆,晚上不能留宿,倘若要留宿,总是会死人。有个书生懂得方术,经过那亭馆便住下过夜。亭旁的老百姓说:"这亭馆不能住,过去有很多人在里面住,没有谁能活。"书生说:"没关系,我自能应付。"于是他就住在里面的客舍中,端正地坐着读书,读了很久才去休息。半夜过后,有个身穿黑单衣的人来到了门外,叫亭主,亭主应了一声。那人问:"看到亭楼里有人吗?"亭主说:"刚刚有个书生在里面读书。刚读完休息了,好像还没睡。"那人应了一声便叹息着离开了。一会儿,又有个戴红头巾的人呼喊亭主,问答和刚才一样,也应了一声叹息着离开了。他们走后也就静悄悄的了。书生知道没人会来了,就起来走到刚刚呼喊的地方,仿照那两个人的样子呼唤亭主,亭主也应了一声。书生又说:"亭楼中有人吗?"亭主回答如前。书生便问道:"刚才穿黑衣的是谁?"亭主说:

"是北屋的母猪。"书生又说:"戴红头巾的是谁?"亭主说:"是西屋的老公鸡。"书生说:"你又是谁?"亭主说:"我是老蝎。"于是书生偷偷读书到天亮,不敢睡下。天亮后亭边的百姓来看他,惊讶地说:"你怎么独独能不死?"书生说:"赶紧拿剑来!我和你们去捉精怪。"于是他便手持宝剑来到昨夜亭主答话的地方,果然找到了老蝎,琵琶那样大,有几尺长的毒刺。又到西屋抓了老公鸡,到北屋抓了老母猪。一共杀了三只怪物,亭馆里的毒害就被除掉,永远也没发生灾祸了。

吴时,庐陵郡①都亭重屋中常有鬼魅,宿者辄死。自后使官,莫敢入亭止宿。时丹阳人汤应者,大有胆武,使至庐陵,便止亭宿。吏启不可,应不听。迸从者还外,唯持一大刀,独处亭中。至三更竟,忽闻有叩阁者。应遥问:"是谁?"答云:"部郡相闻。"应使进。致词而去。顷间,复有叩阁者如前,曰:"府君相闻。"应复使进,身着皂衣。去后,应谓是人,了无疑也。旋又有叩阁者,云:"部郡、府君相诣。"应乃疑曰:"此夜非时,又部郡、府君不应同行②。"知是鬼魅,因持刀迎之。见二人皆盛衣服,俱进。坐毕,府君者便与应谈。谈未竟,而部郡忽起至应背后,应乃回顾,以刀逆击,中之。府君下坐走出,应急追,至亭后墙下及之。斫伤数下,应乃还卧。达曙,将人往寻,见有血迹,皆得之。云称府君者,是一老豨③也;部郡者,是一老狸也。自是遂绝。

【注释】

①庐陵郡:郡名,位于今江西吉安。

②部郡、府君,不应同行:按回避制度,二官不能同行办事。

③豨(xī):猪。

【译文】

三国东吴时,庐陵郡的亭馆楼上经常出现鬼怪,在那里留宿的人都会死去。此后过路的官员,都不敢进亭馆留宿。当时丹阳郡有个人叫汤应,胆量大武艺高,出使到了庐陵,就去亭馆里留宿。亭吏告诉他不能住,汤应没有听从。他让随从去外面留宿,自己只拿了把大刀,独自住下了。三更过后,突然听到有人敲门。汤应远远地问:"谁啊?"外面的人说:"是部郡过来问候的。"汤应让他进屋,他说了几句便离开了。一会儿,又有人像刚才一样来敲门,说:"是部郡过来问候的。"汤应又请他进屋,这人身穿黑衣。这两人离开后,汤应以为他们都是人,没有丝毫怀疑。不久又有人敲门,说:"部郡、郡守过来拜见。"汤应于是有疑虑了,心想:"夜间不是拜访的时候,而且部郡和郡守,也不应当一起来。"他知道是妖怪来了,便持刀迎去他们。只见那两人都衣着华丽,一起走进屋。坐定后,自称郡守的便和汤应对话。话还没说完,部郡突然起身走到汤应背后,汤应便转身用刀当面砍了过去,砍中了他。郡守便离开座位逃走了,汤应赶紧去追赶,到亭馆的后墙下时追上了他,连砍了几刀,汤应才回去睡觉。天亮后,汤应带人前去搜寻,发现有血迹,便沿着血迹去找,把他们都找到了。自称郡守的是头老猪,自称部郡的是只老狐狸。此后,这亭馆的妖怪就灭绝了。

卷十九

东越①闽中有庸岭②,高数十里。其西北隰③中有大蛇,长七八丈,大十余围,土俗常病。东冶都尉及属城长吏,多有死者。祭以牛羊,故不得福。或与人梦,或下谕巫祝,欲得啖童女年十二三者。都尉令长并共患之。然气厉不息,共请求人家生婢子,兼有罪家女养之。至八月朝祭,送蛇穴口。蛇出,吞啮之。累年如此,已用九女。尔时预复募索,未得其女。将乐④县李诞家有六女,无男,其小女名寄,应募欲行,父母不听。寄曰:"父母无相,惟生六女,无有一男,虽有如无。女无缇萦⑤济父母之功,既不能供养,徒费衣食,生无所益,不如早死。卖寄之身,可得少钱,以供父母,岂不善耶?"父母慈怜,终不听去。寄自潜行,不可禁止。寄乃告请好剑及咋蛇犬。至八月朝,便诣庙中坐。怀剑,将犬,先将数石米糍,用蜜麨灌之,以置穴口。蛇便出,头大如囷,目如二尺镜,闻糍香气,先啖食之。寄便放犬,犬就啮咋,寄从后斫得数创。疮痛急,蛇因踊出,至庭而死。寄入视穴,得其九女髑髅⑥,悉举出,咤言曰:"汝曹怯弱,为蛇所食,甚可哀愍。"于是寄女缓步而归。越王闻之,聘寄女为后,拜其父为将乐令,母及姊皆有赏赐。自是东冶无复妖邪之物。其歌谣至今存焉。

【注释】

①东越:古族名,古越人的一支。
②庸岭:山名,位于今福建邵武县。
③隰(xí):低湿之地。
④将乐:县名,即今福建将乐县。
⑤缇萦:姓淳于,因自愿入宫为婢以赎父罪而有孝名。

⑥髑髅(dú lóu):死人的头骨。

【译文】
　　东越国闽中郡有座庸岭,有几十里高。它西北部低湿之处有条大蛇,七八丈长,十多围粗,当地人经常受到它的祸害。东冶都尉和东冶属县中的长官,也有很多是被这蛇咬死的。人们一直用牛羊去祭祀它,仍然得不到福佑。后来,大蛇有时托梦给人,有时吩咐巫祝,说它要吃十二三岁的小姑娘。都尉和县令都为此而发愁。但大蛇的妖气所酿成的灾害却没有停息。大家只好一起去征求大户人家奴婢所生的女儿和犯罪人家的女儿,收养了她们。到八月初一祭祀时,把女孩送到大蛇的洞口。大蛇出来,便吞食了女孩。每年都这样,已用了九个女孩。这时他们又事先招募女孩,还没有找到。将乐县李诞的家里有六个女儿,但没男孩,最小的女儿叫李寄,想前去应募,父母不答应。李寄说:"父母无福相,只生了六个女儿,没儿子,虽然有我们也好像没有一样,我没有缇萦救父那样的功德,既然不能侍奉父母,白白浪费衣食,活着也毫无益处,还不如早点死去。卖了我,可以换些钱,用来供养父母,难道不好吗?"父母疼惜她,一直不同意她去。李寄便悄悄地去了,父母终究没能阻拦她。于是李寄便请求获得好剑和会咬蛇的狗。到八月初一,她就去庙里坐好,揣上剑,带着狗。她先拿几石米饼用蜜拌的米麦糊拌好,然后放在蛇的洞口。蛇便出来了,头像圆谷仓一样大,眼睛像两尺大的镜子。它闻到米饼的香气,先去吃米饼。李寄便放出狗去撕咬蛇,李寄从后面多次砍蛇。蛇痛得厉害,便翻滚着蹿出了庙,爬到院子里便死了。李寄进入蛇洞去看,找到了那九个女孩的颅骨,便都拿了出来,悲痛地说:"你们胆小软弱,被蛇吃了,真是可怜啊。"于是李寄便慢慢走回去了。越王听说后,娶李寄为王后,任命她的父亲为将乐县县令,她母亲和姐姐们也都获得了赏赐。此后,东冶县再也没有妖怪了。那赞颂李寄的歌至今还在流传。

　　晋武帝咸宁①中,魏舒为司徒。府中有二大蛇,长十许丈,居厅事平橑上。止之数年,而人不知,但怪府中数失小儿及鸡犬之属。后有一蛇夜出,经柱侧,伤于刃,病不能登,于是觉之。发徒数百,攻击移时,然后杀之。视所居,骨骼盈宇之间。于是毁府舍,更立之。

汉武帝时,张宽为扬州②刺史。先是,有二老翁争山地,诣州讼疆界,连年不决。宽视事,复来。宽窥二翁形状非人,令卒持杖戟将入,问:"汝等何精?"翁走,宽呵格之,化为二蛇。

【注释】

①咸宁:晋武帝年号。

②扬州:地名,位于今安徽淮河和江苏长江以南及江西、浙江、福建三省等。

【译文】

晋武帝咸宁年间,魏舒担任司徒。官府中出现了两条大蛇,有十多丈长,在公堂屋檐前的橡木上盘踞着,在那儿已栖息好几年了,人们却不知道,只是对官府中多次丢失小孩和鸡狗之类的事感到奇怪。后来一条蛇夜间爬了出来,经过柱子时,被刀刃弄伤了,伤重得再也爬不上去了,于是人们才发觉了它。府中派出了几百个差役,击打好久,才打死了它。察看它盘踞之处,只见骨骼堆满了屋檐。于是人们便捣毁了公堂,重新修建了一座。

汉武帝时,张宽担任扬州刺史。先前,这里有两个老头争夺山地,到扬州府打官司解决边界纠纷,好几年都没能解决,张宽出任以后,他们又来了。张宽看这两个老头不像人,就命令士兵手持兵器押送他们进来,喝问道:"你们是什么妖怪?"两个老头离开逃跑,张宽叫士兵拦住击打,他们就变成了两条蛇。

荥阳人张福船行还野水边。夜有一女子,容色甚美,自乘小船来投福,云:"日暮畏虎,不敢夜行。"福曰:"汝何姓?作此轻行。无笠,雨驶,可入船就避雨。"因共相调,遂入就福船寝。以所乘小舟系福船边。三更许,雨晴,月照,福视妇人,乃是一大鼍,枕臂而卧。福惊起,欲执之,遽走入水。向小舟,是一枯槎段,长丈余。

【译文】

荥阳县人氏张福撑着船回家时停在了野外的水边。晚上,有位女子,长得十分美丽,独自乘坐小船来投靠张福,说:"天色已晚,我害怕老虎,因而不敢赶夜路。"张福说:"你姓什么?为何如此轻率地旅行?你没戴竹笠,却还冒雨行驶,可以来我船中避雨。"于是两人互相调戏了一番,女子便到张福的船上睡觉,并把她乘的小船绑在张福的船上。三更时分,雨停了,月光盈盈,张福仔细一看那女子,竟是条大鳄鱼,枕着胳膊睡觉。张福惊恐地爬了起来,想捉住它,它赶紧逃进了水里。刚刚那只小船,只是截断头的枯木,有一丈多长。

丹阳道士谢非,往石城①买冶釜。还,日暮不及至家。山中庙舍于溪水上,入中宿。大声语曰:"吾是天帝使者,停此宿。"犹畏人劫夺其釜,意苦搔搔不安。二更中,有来至庙门者,呼曰:"何铜。"铜应喏。曰:"庙中有人气,是谁?"铜云:"有人,言是天帝使者。"少顷便还。须臾又有来者,呼铜,问之如前,铜答如故,复叹息而去。非惊扰不得眠,遂起,呼铜问之:"先来者谁?"答言:"是水边穴中白鼍。""汝是何等物?"答言:"是庙北岩嵌中龟也。"非皆阴识之。天明,便告居人,言:"此庙中无神。但是龟、鼍之辈,徒费酒食祀之。急具锸来,共往伐之。"诸人亦颇疑之,于是并会伐掘,皆杀之。遂坏庙,绝祀。自后安静。

【注释】

①石城:石头城,因三国时孙吴就石壁筑城戍守而得名。

【译文】

丹阳郡的道士谢非,来到石头城买冶炼仙丹的锅。回来的时候已是傍晚时分,来不及赶回家。他看到山中的溪水旁有座庙宇,便进去留宿。他大声说:"我是天帝的使者,要在这里留宿。"他害怕别人抢他的锅,心中一直忐忑不安。二更时,有人到庙门前叫道:"何铜。"何铜答应了一声。外面的人说:"庙里有人的味道,是谁呢?"何铜说:"确实有个人,他自称是天帝的使者。"一会儿那人便离开了。一会儿又有人来叫何铜,问答像先前一样,那人也叹着气走了。谢非受到惊扰后睡不着,便起了床,也喊了一声何铜,然后问他:"先前来的是谁?"何铜说:"它是溪水边洞穴里的白鳄鱼。"谢非又问:"你是什么呢?"何铜说:"我是庙北岩缝中的乌龟。"谢非都暗自识记于心。天亮之后,他便对附近的人说:"这庙没有神灵,只是乌龟、鳄鱼之类的,你们还浪费酒食祭祀它们。赶紧拿铁锹来,一起去铲除它们。"大家也有点怀疑庙里的神灵,于是便一起去挖,杀了乌龟、鳄鱼。于是捣毁了庙宇,不再祭祀了。此后,这里便安宁平静了。

孔子厄于陈,弦歌于馆。中夜,有一人长九尺余,着皂衣,高冠,大吒,声动左右。子贡进问:"何人耶?"便提子贡而挟之。子路引出,与战于庭。有顷,未胜。孔子察之,见其甲车间时时开如掌。孔子曰:"何不探其甲车,引而奋登?"子路引之,没手仆于地,乃是大鳀鱼也,长九尺余。孔子曰:"此物也,何为来哉?吾闻物老,则群精依之,因衰而至。此其来也,岂以吾遇厄绝粮,从者病乎?夫六畜之物,及龟、蛇、鱼、鳖、草、木之属,久者神皆凭依,能为妖怪,故谓之五酉。五酉者,五行之方,皆有其物。酉者,老也,物老则为怪,杀之则已,夫何患焉?或者天之未丧斯文,以是系予之命乎?不然,何为至于斯也?"弦歌不辍。子路烹之,其味滋,病者兴。明日,遂行。

【译文】

孔子在陈国困厄之时,曾于一家客栈里弹琴唱歌。夜间,突然有个人,九尺多高,身穿黑衣服,头戴高帽子,大声叱喝,声音惊动了左右的人。子贡走过去问:"你是谁啊?"这人便提起子贡挟持了他。子路就引他出房,在院子里和他打了起来。一段时间过后,子路还没获胜。孔子仔细一看,只见那人的铠甲和牙床之间不时地像手掌一样撑开。孔子对子路说:"怎么不把手伸到那铠甲与牙床之间,然后使劲往上拉呢?"子路便伸手去拉,手全伸了进去,他便倒在地上,竟然是条大鳀鱼,有九尺多长。孔子说:"这怪物为什么来呢?我听说东西老了,就会有各种精怪来依附它,因为它衰微了才会来。它来这里,难道是因为我遭到了困厄、断绝了粮食、跟随我的人都生病了吗？六畜，以及龟、蛇、鱼、鳖、野草、树木之类，时间长了，神灵都依附它们，才能成为妖怪，因而人们称它们为五酉。五酉，是指五行的每个方面都有相应之物。酉就是老，东西老了就会成为妖怪，杀掉它，妖怪也就消失了，又何必担心这种东西呢？或者是老天为了不丧失古代的礼乐制度，而用它来维持我的生命吗？不然的话，为何它会到这儿来呢？"孔子继续不停地弹唱。子路煮了鲲鱼，它的味道很好，病人吃了都能起床了。第二天，大家便又起身赶路了。

豫章有一家，婢在灶下，忽有人长数寸，来灶间壁，婢误以履践之，杀一人。须臾，遂有数百人，着衰麻服，持棺迎丧，凶仪皆备。出东门，入园中覆船下。就视之，皆是鼠妇。婢作汤灌杀，遂绝。

【译文】

豫章郡有一家人，婢女站在灶边时，突然有几个几寸高的人，到了灶边的隔墙边，婢女不小心踩到了他们，死了一个。不一会儿，就有几百人，身穿丧服，扛着棺材来抬尸首，丧葬的礼仪十分完备。他们走出东门，进入菜园中一条头朝下的船里面。走近一看，都是潮虫。婢女便烧热水去浇灌，它们都被烫死了，于是它们都绝迹了。

狄希，中山人也。能造千日酒，饮之千日醉。时有州人姓刘，名玄石，好饮酒，往求之。希曰："我酒发来未定，不敢饮君。"石曰："纵未熟，且与一杯，得否？"希闻此语，不免饮之。复索曰："美哉！可更与之。"希曰："且归，别日当来，只此一杯，可眠千日也。"石别，似有怍色。至家，醉死。家人不之疑，哭而葬之。经三年，希曰："玄石必应酒醒，宜往问之。"既往石家。语曰："石在家否？"家人皆怪之，曰："玄石亡来，服以阕矣。"希惊曰："酒之美矣，而致醉眠千日，今合醒矣。"乃命其家人凿冢破棺看之。冢上汗气彻天。遂命发冢，方见开目，张口，引声而言曰："快哉，醉我也。"因问希曰："尔作何物也，令我一杯大醉，今日方醒？日高几许？"墓上人皆笑之，被石酒气冲入鼻中，亦各醉卧三月。

【译文】

　　狄希是中山国人。他会酿造"千日酒",喝了它会醉千日。当时州里有一个刘姓人,名玄石,喜好喝酒,便去向狄希要酒喝。狄希说:"我的酒发酵了,却还没有稳定,不敢给你喝。"刘玄石说:"就算还没熟,暂且先给我一杯,可以吗?"狄希听了后,不得已给了他一杯。他喝完后又请求道:"真妙!再给我一杯吧。"狄希说:"你先回去吧,改日再来,就这一杯,已能使你睡上一千天了。"刘玄石只得告辞,脸色似乎有了醉酒的变化。他回到家便醉得昏死过去。家人对他的死没有疑虑,因而哭着埋葬了他。三年过后,狄希寻思道:"刘玄石的酒肯定醒了,应当去问候他一下。"不久他便来到刘家,说:"玄石在吗?"刘家人都十分奇怪,便说:"玄石死后,三年期满,丧服都脱掉了。"狄希惊讶地说:"那酒十分美妙,使他醉睡了一千日,今天应该醒了。"于是他便叫刘家人去挖开坟墓,打开棺材看他。只见坟上汗气冲天,就让人挖开。正好看到刘玄石睁开眼,张开嘴,拖着声音说:"醉得真痛快啊!"他便问狄希说:"你弄了什么,让我喝一杯就大醉,到今日才醒?太阳多高了?"坟边的人都笑了,却不小心吸入他的酒气,便也都醉卧了三个月。

　　陈仲举①微时,常宿黄申家。申妇方产,有扣申门者,家人咸不知。久久方闻屋里有人言:"宾堂下有人,不可进。"扣门者相告曰:"今当从后门往。"其人便往。有顷,还。留者问之:"是何等?名为何?当与几岁?"往者曰:"男也。名为奴。当与十五岁。""后应以何死?"答曰:"应以兵死。"仲举告其家曰:"吾能相。此儿当以兵死。"父母惊之,寸刃不使得执也。至年十五,有置凿于梁上者,其末出,奴以为木也,自下钩之,凿从梁落,陷脑而死。后仲举为豫章太守,故遣吏往饷之申家,并问奴所在。其家以此具告。仲举闻之,叹曰:"此谓命也。"

【注释】

①陈仲举:陈蕃,字仲举,东汉汝南平舆人。

【译文】

　　陈蕃还没显达时,经常在黄申家寄宿。黄申的妻子刚生小孩,突然有人来敲门,家人都没听见。过了很久敲门人才听到屋里有人说:"客堂下有人,不能进屋。"敲门人商量说:"现在要从后门走了。"其中一个人就去了。一会儿过后,那人回来了。留在大门边的人就问:"生的是男是女?叫什么?应该给他几岁?"去的人说:"是男孩,叫奴,应给他十五岁。"那人又问:"后来应该怎么死?"去的人说:"该死在兵器下。"陈蕃告诉黄家人说:"我会看相。这孩子该因兵器而死。"那父母亲因此十分惊恐,连小刀都不让孩子拿。这孩子十五岁时,有个人把凿子放在了梁上,凿子末端露出来了,黄奴认为是一根小木棒,就在下面够它,凿子从梁上落下,插入了他脑中,他便死了。后来陈蕃担任豫章郡太守,因而派了差役去到黄申家送礼,同时问黄奴在哪里。黄家详细陈述了情况。陈蕃听后喟叹道:"这是命啊。"

卷二十

晋魏郡亢阳,农夫祷于龙洞,得雨,将祭谢之。孙登①见曰:"此病龙雨,安能苏禾稼乎?如弗信,请嗅之。"水果腥秽。龙时背生大疽,闻登言,变为一翁,求治,曰:"疾瘳,当有报。"不数日,果大雨。见大石中裂开一井,其水湛然。龙盖穿此井以报也。

苏易者,庐陵妇人,善看产。夜忽为虎所取,行六七里,至大圹②。厝易置地,蹲而守。见有牝虎当产,不得解,匍匐欲死,辄仰视。易怪之,乃为探出之,有三子。生毕,牝虎负易还。再三送野肉于门内。

【注释】

①孙登:字公和,汲郡共人,隐士。

②圹(kuàng):墓穴。

【译文】

晋朝时魏郡大旱,农民在龙洞祈祷,果然求到了雨,准备去祭祀感谢龙。孙登看到了说:"这是病龙降下的雨,怎能救活庄稼呢?倘若不信,闻闻这雨水吧。"大家闻了,果然十分腥臭。龙当时背上生了大疮,听了孙登的话后,就变成了老头,请求治疗,说:"倘若我的病好了,必定有报答。"过了几天,果然下起了大雨。人们还看到大石头中间裂开了一口井,井水非常清澈。龙大概是打了这口井来报答孙登吧。

苏易是庐陵郡的一位妇女,擅长接生。一天晚上,她突然被老虎抓走了。赶了六七里路,到了一个大墓穴中,老虎便放下了苏易,蹲下看住她。她看到一只母老虎要生产了,但难产,翻来覆去几乎要死了,总是抬头仰视。苏易感到很奇怪,就伸手进去拉小老虎,总共有三只。分娩后,母老虎就背着苏易回了家,还多次把野兽的肉送到她家。

哙参养母至孝。曾有玄鹤①为弋人所射,穷而归参。参收养,疗治其疮,愈而放之。后鹤夜到门外,参执烛视之,见鹤雌雄双至,各衔明珠,以报参焉。

汉时弘农杨宝②,年九岁时,至华阴山北,见一黄雀,为鸱枭所搏,坠于树下,为蝼蚁所困。宝见愍之,取归,置巾箱中,食以黄花。百余日,毛羽成,朝去暮还。一夕三更,宝读书未卧,有黄衣童子,向宝再拜曰:"我西王母使者,使蓬莱,不慎为鸱枭所搏。君仁爱见拯,实感盛德。"乃以白环四枚与宝曰:"令君子孙洁白,位登三事,当如此环。"

【注释】

①玄鹤:传说鹤两千岁以后为黑色,即玄鹤。

②弘农:郡名,位于今河南。杨宝:东汉大臣杨震之父。

【译文】

哙参侍奉母亲十分孝顺。曾有只玄鹤被弓箭手射伤了,走投无路时便来投奔哙参。哙参收养了它,又替它医治疮口,痊愈后便放了它。后来有一只鹤晚上到了哙参家的门外,哙参拿着火烛照了查看,有雌雄两只鹤双双飞来,各衔了一颗夜明珠来报答哙参。

汉朝时弘农郡人氏杨宝,九岁时去了华阴山北面,看到了一只黄雀,被鸱枭伤了,落到了树下,被蝼蛄蚂蚁围住。杨宝见到了非常怜惜,就把带它回了家,放在装头巾的小箱中,用菊花喂它。过了一百多天,黄雀的羽毛长成了,早上飞走傍晚又飞回来。一天晚上三更时,杨宝读书很晚还没睡,突然有个身穿黄衣服的小孩向杨宝再三拜礼说:"我是西王母的使者,出使蓬莱仙岛,不小心被鸱枭所伤。你非常仁慈,救了我,真感谢你的大恩大德啊。"他便拿出了四只白玉环送给杨宝,说:"使你的子孙品德洁白,官拜三公,就像这玉环一样。"

隋县溠水侧,有断蛇丘。隋侯出行,见大蛇,被伤中断。疑其灵异,使人以药封之,蛇乃能走。因号其处断蛇丘。岁余,蛇衔明珠以报之。珠盈径寸,纯白,而夜有光明,如月之照,可以烛室。故谓之"隋侯珠",亦曰"灵蛇珠",又曰"明月珠"。丘南有隋季良大夫池。

【译文】
　　隋县溠水边,有一座断蛇丘。春秋时隋侯外出游玩,看到一条大蛇被砍断了。他怀疑这条蛇是神灵,便叫人用药把它接上包好,蛇于是能爬行了。因而人们称那个地方为断蛇丘。一年多以后,那蛇含着明珠来报恩。珠子的直径有一寸多,洁白无瑕,晚上发出了月光一样的光芒,可以照亮室内。因而人们称它为"隋侯珠",又叫"灵蛇珠",或"明月珠"。断蛇丘南边有隋大夫季良的水池。

　　孔愉字敬康,会稽山阴人。元帝时,以讨华轶①功封侯。愉少时尝经行余不亭②,见笼龟于路者,愉买之,放于余不溪中。龟中流,左顾者数过。及后,以功封余不亭侯。铸印而龟钮左顾,三铸如初。印工以闻,愉乃悟其为龟之报,遂取佩焉。累迁尚书左仆射,赠车骑将军。

【注释】
①华轶:字颜夏,魏太尉华歆之曾孙。
②余不亭:亭名,位于浙江吴兴。

【译文】
　　孔愉,字敬康,是会稽郡山阴县人氏。晋元帝时,由于征讨华轶有功而被封为余不亭侯。孔愉年轻时,曾路过余不亭,他看到路边有个人装了一只乌龟在笼中,孔愉便买下了乌龟,把它放养到余不溪里。乌龟游到溪水中央,多次向左回头望孔愉。后来,孔愉由于征讨华轶有功而被封为余不亭侯,工人为他铸官印,印钮上的乌龟老是向左回头探望,浇铸了多次还是原样。铸印工禀告了孔愉,孔愉才意识到这是乌龟的报答,于是便拿了印佩戴着。后来孔愉屡次升官,一直做到尚书左仆射,并被封为车骑将军。

古巢①一日江水暴涨,寻复故道。港有巨鱼,重万斤,三日乃死。合郡皆食之,一老姥独不食。忽有老叟曰:"此吾子也,不幸罹此祸。汝独不食,吾厚报汝。若东门石龟目赤,城当陷。"姥日往视。有稚子讶之,姥以实告。稚子欺之,以朱傅龟目。姥见,急出城。有青衣童子曰:"吾龙之子。"乃引姥登山,而城陷为湖。

【注释】

①古巢:地名,位于今安徽省无为县。

【译文】

在古巢,一天长江水突然暴涨,不久江水又回到原河道了。港口有条大鱼,有万斤重,没回到长江中,三天后就死了。当时全郡都以它为食,只有一位老太太不吃。突然有个老头说:"这是我儿子,不幸遭受灾难。只有你一个人不吃,我一定会重重答谢你。倘若那东门口的石龟眼睛变红,巢城就会下陷。"于是这老太太天天去看石乌龟。有个小孩很惊讶,老太太便告诉了他实情。这小孩欺骗她,用丹砂涂抹石龟的眼睛。老太太看到了,赶忙出了城。有个青衣小孩告诉她:"我是龙子。"说完便搀着老太太登到了山上,而这座城就陷下去成了湖泊。

吴富阳县董昭之,尝乘船过钱塘江,中央见有一蚁,着一短芦,走一头回,复向一头,甚惶遽。昭之曰:"此畏死也。"欲取着船。船中人骂:"此是毒螫物,不可长。我当蹹杀之。"昭意甚怜此蚁,因以绳系芦着船。船至岸,蚁得出。其夜梦一人乌衣,从百许人来谢云:"仆是蚁中之王,不慎堕江,惭君济活。若有急难,当见告语。"历十余年,时所在劫盗,昭之被横录为劫主,系狱余杭。昭之忽思:"蚁王梦,缓急当告。今何处告之?"结念之际,同被禁者问之,昭之具以实告。其人曰:"但取两三蚁着掌中,语之。"昭之如其言。夜果梦乌衣人云:"可急投余杭山中。天下既乱,赦令不久也。"于是便觉。蚁啮械已尽。因得出狱。过江,投余杭山。旋遇赦,得免。

【译文】

吴郡富阳县人董昭之，有一次乘船经过钱塘江，在江心看到了一只蚂蚁，爬在一根很短的芦苇上，爬到了一头，又爬向另一头，十分惊慌忙乱。董昭之说："这是害怕被淹死啊！"于是想把蚂蚁捞起放到船上。船中的人骂道："这是毒虫，不能让它活。我要踩死它！"董昭之心中十分怜惜这只蚂蚁，就用绳子把芦苇绑在船上。船到岸后，蚂蚁才爬出了江。那天晚上，董昭之梦到一个身穿黑衣服的人，带了一百多人来向他致谢，说："我是蚂蚁王，不小心落入江中，感谢你救了我。以后你若是遇到危难，就该给我说。"十多年后，当时董昭之所在之地有抢劫发生，他被官府横加指控为首犯，被关在了余杭县牢房中。董昭之突然想起蚁王的托梦："蚁王说有急事要告诉它，但如今去哪里告诉它呢？"寻思之际，狱友问他在想什么，董昭之就一一陈述了实情。那人说："你只要捉几只蚂蚁，告诉它们就可以了。"董昭之照他的话做了，夜间果然梦到黑衣人说："你可以赶快去余杭山。天下已乱了，不久就会发布大赦的命令。"这时董昭之就醒了。蚂蚁已咬掉了他的枷锁，因而可以逃出牢房，渡过钱塘江，到达余杭山。不久大赦来了，他获得了赦免。

孙权时，李信纯，襄阳①纪南②人也。家养一狗，字曰黑龙，爱之尤甚，行坐相随，饮馔之间，皆分与食。忽一日，于城外饮酒大醉，归家不及，卧于草中。遇太守郑瑕出猎，见田草深，遣人纵火爇之。信纯卧处，恰当顺风。犬见火来，乃以口拽纯衣，纯亦不动。卧处比有一溪，相去三五十步，犬即奔往，入水湿身，走来卧处。周回以身洒之，获免主人大难。犬运水困乏，致毙于侧。俄尔信纯醒来，见犬已死，遍身毛湿。甚讶其事。睹火踪迹，因尔恸哭。闻于太守。太守悯之曰："犬之报恩甚于人。人不知恩，岂如犬乎！"即命具棺椁衣衾葬之。今纪南有义犬冢，高十余丈。

【注释】

①襄阳：郡名，位于今湖北襄樊。
②纪南：地名，又叫纪郢，位于今湖北荆州。

【译文】

孙权在位时,有个叫李信纯的,是襄阳郡纪南人氏。他家养了条叫黑龙的狗。他特别喜欢这条狗,无论去哪里都带着狗,吃东西时,也都要分一些给狗。突然有一天,他在城外喝得大醉,回家时没走到,便醉倒在草丛里。正好碰上太守郑瑕出猎,看到野草很深,就派人放火烧草。李信纯躺的地方,恰好位于下风向。狗看到大火烧了过来,就用嘴拖他衣服,李信纯一动不动。李信纯躺的地方旁边有条小溪,三五十步远,狗便奔过去,跳入溪水中浸湿自己,再跑回来,来回跑着将自己身上的水洒到李信纯身上,才使得主人幸免于难。狗由于运水太困乏了,便死在了主人身旁。不久,李信纯醒来,看到狗已死,全身都湿透了,对狗所做的事十分惊讶。他看到火烧的痕迹,才痛哭流涕。太守听见后,十分怜惜狗,说:"狗报恩超过了人!人倘若不图报恩,难道能比得上狗吗?"于是就叫人准备好棺材和衣服安葬了狗。直到今天纪南还有义犬坟,有十多丈高。

临川东兴①有人入山,得猿子,便将归。猿母自后逐至家。此人缚猿子于庭中树上以示之。其母便搏颊向人,欲乞哀状,直谓口不能言耳。此人既不能放,竟击杀之。猿母悲唤,自掷而死。此人破肠视之,寸寸断裂。未半年,其家疫死,灭门。

冯乘②虞荡夜猎,见一大麈③,射之。麈便云:"虞荡,汝射杀我耶!"明晨,得一麈而入,即时荡死。

【注释】

①东兴:县名,位于今江西黎川。
②冯乘:县名,位于今湖南江华瑶族自治县西南。
③麈:古代一种鹿类动物。

【译文】

临川郡东兴县有个人进入山里抓获了一只幼猿,便带它回了家。母猿跟在他身后追赶,一直到了他家。这人将幼猿绑在院中的树上给众人看。那母猿就当面扇自己耳光,做出哀怜乞求的样子,只是不说出来而已。这人不但不肯解开幼猿,竟还打死它。母猿悲哀地呼号,自己摔死了。这人剖开母猿的肚子一看,只见那肠子断成一寸一寸的。不到半年,他家横遭瘟疫,满门都死绝了。

冯乘县人氏虞荡晚上去打猎,看到一只大麈,便射杀它。麈便说:"虞荡,你射死我啦!"第二天早晨,他看到一只死麈,便过去拾捡,虞荡当场便死了。

吴郡海盐①县北乡亭里有士人陈甲,本下邳人。晋元帝时,寓居华亭,猎于东野大薮。欻见大蛇,长六七丈,形如百斛船,玄黄五色,卧冈下。陈即射杀之,不敢说。三年,与乡人共猎,至故见蛇处。语同行曰:"昔在此杀大蛇。"其夜梦见一人,乌衣黑帻,来至其家,问曰:"我昔昏醉,汝无状杀我。我昔醉,不识汝面,故三年不相知。今日来就死。"其人即惊觉,明日,腹痛而卒。

【注释】

①海盐:县名,位于今浙江平湖市东南。

【译文】

吴郡海盐县的北乡亭有一个叫陈甲的读书人,本为下邳县人氏。晋元帝时,他在华亭寄宿,曾去了亭东野外的大泽打猎,突然发现了一条大蛇,六七丈长,像装一百斛谷子的船那样大,皮肤有黑、黄、红、青、白五种颜色,躺在山冈底下。陈甲当场就射杀了它,但不敢讲出来。三年过后,他和同乡人一起去打猎,到了以前看见蛇的地方,便告诉乡人说:"以前我在这儿射死了条大蛇。"那天晚上,他便梦到了一个人,身穿黑衣服,头戴黑头巾,到了他家中,责问道:"我以前昏迷时,你无缘无故杀了我。我以前醉了,不认得你,因而过了三年也不知道是你。今天你是来找死。"那人立刻被惊醒了,第二天,他因肚子疼而死。

邛都县①下有一老姥,家贫,孤独,每食,辄有小蛇,头上戴角,在床间,姥怜而饴之食。后稍长大,遂长丈余。令有骏马,蛇遂吸杀之。令因大忿恨,责姥出蛇。姥云:"在床下。"令即掘地,愈深愈大,而无所见。令又迁怒,杀姥。蛇乃感人以灵言,瞋令:"何杀我母？当为母报仇。"此后每夜辄闻若雷若风,四十许日,百姓相见,咸惊语:"汝头那忽戴鱼？"是夜,方四十里,与城一时俱陷为湖。土人谓之为"陷湖"。唯姥宅无恙,迄今犹存。渔人采捕,必依止宿,每有风浪,辄居宅侧,恬静无他。风静水清,犹见城郭楼橹宛然。今水浅时,彼土人没水,取得旧木,坚贞光黑如漆。今好事人以为枕相赠。

【注释】

①邛都县:县名,位于今四川西昌东南。

【译文】

邛都县有位老太太,家境贫寒,孤苦无依,每当吃饭时,总有一条头上生角的小蛇,出现在她床边。老太太因为怜惜就喂它东西吃。后来这条小蛇渐渐长大,有一丈多长。邛都县令有匹骏马,这条蛇竟然吞了它。县令就十分愤恨,责令老太太交出蛇。老太太说:"蛇在床下。"县令就命令挖地,洞越挖越深越大,但什么也没发现。县令又将愤怒转到老太太身上,便杀了她。这条蛇于是将自己的灵魂感应到人的身体上,愤怒地斥责县令:"为何要杀我母亲？我要替母亲报仇!"此后每晚总有打雷刮风一样的声音,四十多天后,百姓见了面,都十分惊讶地说:"你的头上为何突然有条鱼？"那天晚上,方圆四十里都和县城一起陷成了湖泊。当地的人称其为"陷湖"。只有老太太的房子安然无恙,直到今天仍然存在。现在渔民捕鱼,总将渔船停靠到老太太的房子那里过夜。每当有风浪,他们也总把船停到那里去,便安然无恙了。风平浪静时,还能清楚地看到湖中的城墙望楼。如今水浅时,当地居民就潜入水中,还可捞到些旧木头,坚硬结实,乌黑发光,如漆过一样。今天那些好事人还把它做成枕头互相馈赠。

建业有妇人,背生一瘤,大如数斗囊,中有物如茧栗,甚众,行即有声。恒乞于市,自言村妇也,常与姊姒①辈分养蚕,已独频年损耗。因窃其姒一囊茧焚之。顷之,背患此疮,渐成此瘤,以衣覆之,即气闭闷,常露之,乃可。而重如负囊。

【注释】

①姊姒(sì):即妯娌。

【译文】

建业有位妇女,背上长出了一个瘤,像盛有几斗米的袋子那样大,瘤子里面长了蚕茧、粟子那样的东西,非常多,走路时便有声音发出。她常常在集市讨饭,自称是乡下妇女,曾和姐妹嫂子分开养蚕,由于她一人连年亏损,便偷了她嫂子一袋蚕茧来烧掉。立刻,她背上就长了这毒疮,逐渐又长成了这个瘤,用衣服遮住,便会感到胸闷气闭,把它露在外面,才能顺畅呼吸,但重得像背了一个大袋子。